DOMPTÉE PAR SES PARTENAIRES

PROGRAMME DES ÉPOUSES
INTERSTELLAIRES : TOME 1

GRACE GOODWIN

Domptée par Ses Partenaires

Copyright © 2017 by Grace Goodwin

Tous Droits Réservés. Aucune partie de ce livre ne peut être reproduite ou transmise sous quelque forme ou par quelque moyen que ce soit, électronique ou mécanique, y compris photocopie, enregistrement, tout autre système de stockage et de récupération de données sans permission écrite expresse de l'auteur.

Publié par Grace Goodwin as KSA Publishing Consultants, Inc.
Goodwin, Grace

Domptée par Ses Partenaires

Dessin de couverture 2020 par KSA Publishing Consultants, Inc.
Images/Photo Credit: Deposit Photos: faestock, sdecoret

Note de l'éditeur :
Ce livre s'adresse à un *public adulte*. Les fessées et toutes autres activités sexuelles citées dans cet ouvrage relèvent de la fiction et sont destinées à un public adulte. Elles ne sont ni cautionnées ni encouragées par l'auteur ou l'éditeur.

BULLETIN FRANÇAISE

REJOIGNEZ MA LISTE DE CONTACTS POUR ÊTRE DANS LES
PREMIERS A CONNAÎTRE LES NOUVELLES SORTIES, OBTENIR
DES TARIFS PREFERENTIELS ET DES EXTRAITS

Cliquez ici

AU SUJET DE DOMPTÉE PAR SES PARTENAIRES

Amanda Bryant est espionne depuis cinq longues années, mais quand des extraterrestres surgissent en prétendant qu'un ennemi mortel menace la survie même de la Terre, ses supérieurs l'incitent à accepter la mission la plus dangereuse de sa vie... se porter volontaire pour épouser un extraterrestre, partager la couche de l'étrange guerrier pour mieux le trahir.

La mission acceptée, Amanda est promue première Épouse Interstellaire : elle traverse la galaxie jusqu'au vaisseau de guerre de son nouveau partenaire, et découvre qu'elle est accouplée non pas à un, mais à deux gigantesques guerriers Prillon.

Malgré son désir de frayer avec deux mâles alpha dominants, Amanda réalise que la Terre est réellement menacée. Comment protéger les guerriers qu'elle a appris à aimer et sauver les Terriens d'une terrible méprise ? Les humains la croiront-ils alors que chaque caresse, chaque regard, leur prouve qu'elle est bel et bien sous l'emprise de ses partenaires ?

1

Amanda Bryant, Centre des Épouses Interstellaires, Terre

IMPOSSIBLE QUE CE SOIT RÉEL. Ça *paraissait* réel, pourtant. L'air chaud sur ma peau moite. L'odeur forte du sexe. Les draps doux sur mes genoux. Le corps massif derrière moi. Un bandeau de soie occultait ma vue, il faisait nuit noire. Mais je n'avais pas besoin d'yeux pour comprendre qu'un sexe s'enfonçait de tout son long dans ma chatte. Une grosse queue bien épaisse.

C'était réel. *C'était réel* !

Je suis agenouillée sur un lit. Un homme me pénètre par-derrière. Ses hanches ondulent, sa queue fricote avec mes terminaisons nerveuses, mon vagin l'enserre. Ses cuisses musclées sont sous les miennes, son bras m'enlace la taille. Il prend mes seins en coupe et me cloue sur place. Je suis incapable de bouger. Je ne peux que l'accueillir tandis qu'il me prend par-derrière. Je n'ai nulle part où aller - non pas que j'en ai envie. Pourquoi vouloir partir ? C'est *tellement* bon. J'adore *sa bite* qui m'écartèle, me pénètre.

L'homme derrière moi n'est pas le seul à me faire perdre mon sang-froid. Un deuxième homme — oui, je suis en compagnie de deux hommes ! — m'embrasse le bas-ventre. Il me lèche le nombril, puis plus bas, encore plus bas...

Combien de temps va-t-il mettre pour atteindre son but et lécher mon clitoris ? Ma petite éminence palpite de désir. Dépêche-toi, langue, dépêche-toi !

Est-ce bien réel ? Ces deux hommes sont-ils en train de me toucher, de me lécher, de me baiser ? Eh bien oui. L'homme placé derrière moi glisse ses grosses mains entre mes cuisses et les écarte, tandis que l'autre m'explore de ses doigts et de sa langue... et accède à mon clitoris.

Enfin ! Je me cambre, j'en veux plus.

— Ne bouge pas, partenaire. On a compris que tu avais envie de jouir, mais il va falloir attendre, murmure une voix grave en ondulant des hanches et en m'écartelant avec son sexe énorme.

Attendre ? Je ne peux pas attendre ! À chaque fois que sa verge me pénètre, la langue de l'autre homme titille et lèche mon clitoris. Aucune femme au monde ne peut supporter d'être baisée et léchée en même temps. Je gémis, je pleurniche, mes hanches ondulent de plaisir. J'adore ça. Je veux qu'ils me pénètrent tous les deux. J'ai une envie folle d'être possédée, de leur appartenir pour toujours.

Durant une fraction de seconde, mon esprit se rebelle : je n'ai pas de partenaire. Ça fait un an que je n'ai pas d'amoureux. Je n'ai jamais couché avec deux hommes en même temps. Je n'ai jamais imaginé être pénétrée et sodomisée à la fois. Qui sont ces hommes ? Pourquoi suis-je... ?

La langue délaisse mon clitoris et je hurle :

— Non !

Une bouche me suce le téton, et l'homme derrière moi rit contre ma peau douce. Il tire sur mon mamelon, il le suce jusqu'à ce que je gémisse, et je le supplie de continuer. Je vais jouir, l'orgasme approche. Cette bite qui me pénètre est incroyable, mais j'en veux encore.

J'en ai besoin.

— Encore.

Il abandonne mes lèvres avant que je reprenne mon sang-froid, et mon côté sombre frissonne de désir à l'idée du châtiment qui m'attend. Comment le sais-je ? Je suis troublée, mais je ne veux pas perdre mon temps à réfléchir. Je veux simplement profiter du moment.

Une main vigoureuse m'attrape par les cheveux et les tire violemment en arrière. L'homme dans mon dos fait en sorte que je tourne la tête dans sa direction, tout en frottant ses lèvres contre les miennes.

— Ne pose pas de questions, partenaire. Obéis.

Il m'embrasse, et sa langue entre profondément dans ma bouche. Il exécute des mouvements de va-et-vient tout en me pénétrant. Sa langue et sa queue ne font qu'un et s'introduisent en moi avant de se retirer en rythme.

Mon autre partenaire — comment ça, un partenaire ? — me doigte et se fraye un chemin dans mon vagin. Il me lèche le clitoris et souffle dessus tandis que la verge qui me pénètre s'enfonce profondément, pour se retirer quasiment dans sa totalité. Il lèche. Souffle. Lèche. Souffle. Je suis au bord des larmes, mon excitation est trop intense pour que je puisse me retenir.

— Je vous en supplie, je vous en supplie. *Je vous en supplie*.

Une larme s'échappe du bandeau et coule le long de ma joue, à l'endroit où ma peau entre en contact avec celle de mon partenaire. Il interrompt immédiatement son baiser. Sa langue chaude me lèche, et il émet un rugissement sourd.

— Ah, on nous supplie, maintenant. On adore quand notre partenaire nous supplie. Ça veut dire que tu es prête, me dit celui qui me torture avec sa bouche.

Je l'imagine agenouillé derrière moi.

— Tu veux bien être mienne, partenaire ? Tu te donnes à moi et à mon second librement, ou tu préfères choisir un autre mâle primaire ?

— J'accepte votre demande, guerriers.

Aussitôt, mes partenaires rugissent, ils perdent leur sang-froid.

— Selon le rite du nom, tu nous appartiens. Tu nous appartiens et nous tuerons tout guerrier qui osera te toucher.

— Que les dieux en soient témoins et te protègent.

Un chœur de voix s'élève tout autour de nous, et je halète tandis que l'homme agenouillé derrière moi me mordille l'intérieur des cuisses, annonçant le plaisir à venir.

— Jouis pour nous. Montre-leur à tous comme tes partenaires savent procurer du plaisir.

L'homme placé derrière moi met son ordre à exécution. Il plaque sa bouche sur la mienne et me colle un baiser torride.

Un instant, qui sont les autres ? Je n'ai pas le temps de réfléchir que l'autre homme plaque sa bouche sur mon clitoris, il me lèche, il me suce, je vais jouir.

Je hurle, et le son se perd dans les vagues de jouissance qui me parcourent. Mon corps est tendu comme un arc, ma chatte se contracte autour de cette verge qui me pénètre. Au fond, tout au fond, et toujours cette langue qui lèche tout doucement mon clitoris.

La chaleur m'envahit. Des éclairs clignotent derrière mes paupières, j'ai des fourmillements dans les doigts. Non, c'est tout mon corps qui fourmille. Mais mes partenaires n'ont pas terminé leur petite affaire. Ils ne me laissent pas le temps de reprendre mon souffle, et le sexe épais se retire. J'entends les draps froissés, le lit qui bouge. On me place sur lui. Les mains sur mes hanches, il m'empale sur son sexe. Une seconde plus tard, il me pénètre à nouveau. Il me donne des coups de boutoir tandis que mon autre partenaire caresse mon clitoris. Je suis hyper sensible, je vais jouir.

Le désir monte, je me raidis, je retiens mon souffle tandis qu'une chaleur intense me parcourt. Je vais encore jouir. Ils s'affairent sur moi, ils connaissent mon corps, ils savent comment me toucher, comment me lécher et me sucer. La pénétration atteint un tel niveau de perfection… je ne peux que jouir. Inlassablement.

— Oui. Oui. Oui !

— Non.

L'ordre me fait l'effet d'un coup de fouet, et mon orgasme est stoppé net. Une main vigoureuse s'abat sur mes fesses nues. Cela produit un bruit mat, et la sensation est cuisante. Trois fois. Quatre. Il s'arrête. Une chaleur torride m'envahit. Je *devrais* le détester. Il m'a frappée ! Mais non. Mon corps, ce traître, *aime* ça, cette sensation extraordinaire irradie jusque dans mes seins, mon clitoris. Tout mon corps est en feu, j'ai encore envie. Je veux être à leurs ordres. Je veux qu'ils me dominent. Je le désire. J'ai *besoin* que mes deux partenaires me pénètrent, me baisent, me possèdent. Je veux leur appartenir pour l'éternité.

Des mains me saisissent fermement les fesses et les écartent pour le partenaire situé derrière moi. Il plaque ses hanches contre moi et me baise dans un rythme saccadé avec un immense bonheur.

Ma chatte est pleine à bloc, comment fera mon autre partenaire pour me sodomiser ? Comment parviendront-ils à me posséder sans me faire mal ? Je savais que ça me plairait.

Je me rappelle ce gros plug qui m'écartelait, qui me préparait à ce qui allait arriver, et ça me rassure. J'ai aimé sentir ce plug plonger en moi pendant qu'ils me baisaient. Je mourrais certainement de plaisir si j'étais pénétrée par deux bites à la fois.

Nul besoin de me faire baiser par deux partenaires en même temps. C'est seulement pour accéder à ma requête et faire en sorte que ces hommes me soient dévoués pour toujours. C'est uniquement possible par double pénétration. J'*aime* ces hommes. Je les désire. Tous les deux.

Mon partenaire insère un doigt dans mon anus vierge, mais je sais qu'il rentrera parfaitement. Les deux hommes sont puissants et dominateurs, mais doux. L'huile lubrifiante dont il enduit un doigt, puis l'autre me procure une sensation de chaleur. Je halète tandis que ses doigts chauds me dilatent peu à peu, pour s'assurer que je sois fin prête.

Le partenaire derrière moi plaque mon dos contre son torse large. Sa main descend le long de ma colonne vertébrale.

— Cambre-toi. Oui, comme ça.

Il sort ses doigts d'entre mes fesses. J'étais prête et grande ouverte, je me sens vide. J'en *veux* encore. Le partenaire derrière moi continue.

— Une fois que j'aurai enfoncé ma bite dans ton petit cul douillet, tu nous appartiendras pour toujours. Tu es le lien qui nous relie en tant qu'entité.

Son énorme gland s'avance, doucement. Il me pénètre, et je manque défaillir de plaisir.

Du liquide pré-séminal s'échappe de son membre et glisse en moi, irradiant tout mon corps telle une décharge électrique qui se propage jusqu'à mon clitoris.

J'essaie de me retenir, de bien me comporter, de refouler ce tourbillon de plaisir, d'attendre leur permission, mais c'est impossible.

Je jouis en hurlant, et mon vagin se contracte si puissamment que mes spasmes expulsent quasiment la deuxième verge de mon corps. Je ne peux ni penser ni respirer, chaque coup de boutoir de mes partenaires me mène au paroxysme, jusqu'à ce que je jouisse à nouveau...

— Oui !

— Mademoiselle Bryant.

La voix de femme semble venir de nulle part, elle s'insinue dans mon esprit avec une réalité implacable. Je l'ignore, je cherche à atteindre cette extase nouvelle, mais plus j'essaie de me concentrer sur mes partenaires, moins je les sens en moi. Leur odeur a disparu. Leur chaleur a disparu. Leurs sexes ont disparu. Je pleure de dépit. Des doigts froids me saisissent l'épaule et me secouent.

— Mademoiselle Bryant !

Personne ne m'a jamais touchée ainsi. Personne.

Grâce aux années d'arts martiaux et de combats à mon actif, je tente de tendre le bras pour bloquer le geste de l'inconnue. Je ne veux pas que ces mains froides me touchent. Personne ne peut me toucher, hormis mes partenaires. Leurs grosses mains si douces.

La douleur dans mes poignets attachés me ramène à la réalité. Je ne peux pas repousser sa main ni la chasser d'une tape. Je suis piégée. Attachée à une espèce de chaise. Sans défense. Je cligne des yeux et regarde autour de moi, pour essayer de reprendre mes repères. Dieu du ciel, ma chatte se contracte de désir, j'ai le souffle court. Je suis nue, vêtue d'une espèce de blouse d'hôpital, et je suis attachée à une table d'examen qui tient plus du fauteuil de dentiste que du lit d'hôpital. Je respire rapidement, je suis essoufflée, j'essaie de me calmer. Mon clitoris gonflé dégouline. Je veux le toucher avec mes doigts, terminer ce que les hommes ont commencé, mais c'est impossible. Attachée, je ne peux que serrer les poings.

J'ai eu un orgasme, ici, dans ce fichu fauteuil, attachée et nue, comme une bête de foire. Je suis espionne depuis cinq ans. On m'a confié cette mission parce que mon pays compte sur moi pour maintenir l'ordre dans l'espace. Et non pas pour me faire sodomiser et supplier d'avoir un orgasme avec le premier extraterrestre venu, dont la bite bien dure m'a excitée au point d'oublier qui je suis.

Je reconnais les signes, je sais que je rougis en pensant non pas à *un* mâle alpha dominant, mais *deux*, qui me font mouiller, que je supplie. Un seul amoureux ? Une once de normalité ? Non. Pas pour moi. Il fallait que je complique les choses et que je m'imagine en train de baiser avec deux mecs en même temps. Mon Dieu, ma mère doit se retourner dans sa tombe.

— Mademoiselle Bryant ?

Encore cette voix.

— Oui.

Résignée, je me tourne et vois un groupe de sept femmes qui me dévisagent avec une curiosité évidente. Elles portent toutes un uniforme gris foncé avec un étrange logo bordeaux sur le sein gauche. J'ai souvent vu ce symbole durant les deux mois écoulés, c'est l'insigne de la Coalition Interstellaire. Elles travaillent toutes au Centre de Traitement des Épouses Interstellaires. Ce sont les Gardiennes, comme si la Coalition était une prison. Les femmes sont noires, blanches, asiatiques, hispaniques. Elles représentent toutes les races de la Terre. Super. Celle qui m'adresse la parole a la peau diaphane, une brune aux yeux gris sympathiques. Je connais son nom, mais ça, elle l'ignore. Je sais beaucoup de choses que je ne suis pas censée savoir. Je me lèche les lèvres et déglutis.

— Je suis réveillée.

Ma voix est éraillée, on dirait que j'ai pleuré. Oh mon Dieu. J'ai vraiment pleuré en jouissant ? J'ai supplié et gémi devant ces femmes, témoins de la scène ?

— Parfait.

La Gardienne doit avoir la petite trentaine, elle est plus jeune que moi d'un ou deux ans.

— Je suis la Gardienne Egara, reprend-elle, je suis chargée du Projet des Épouses Interstellaires ici sur Terre. Les données indiquent qu'une compatibilité parfaite a été trouvée pour vous, mais comme vous êtes la première épouse volontaire entrant dans le cadre des protocoles de recrutement des Épouses Interstellaires, nous allons devoir vous poser des questions complémentaires.

— D'accord.

J'inspire profondément et me décontracte. Le désir s'émousse peu à peu, la sueur sèche sur ma peau. L'air conditionné qui tourne à plein régime pour dissiper la fournaise de Miami au mois d'août me donne la chair de poule. Le fauteuil rigide est collant et la blouse irrite ma peau sensible. Je pose la tête sur mon fauteuil et j'attends.

D'après les extraterrestres qui ont promis de « protéger » la Terre d'une menace présumée portant le nom de la Ruche, ces femmes humaines debout devant moi ont naguère été accouplées à des guerriers extraterrestres, et ce sont désormais des veuves qui se sont portées volontaires pour servir la Coalition, ici sur Terre.

Oh, les forces de la Coalition comptent plus de deux cent soixante races d'extraterrestres, mais une petite partie seulement est compatible pour se reproduire avec des humains. C'est bizarre. Comment pouvaient-ils le savoir, si aucun être humain n'était jamais allé dans l'espace ?

Les vaisseaux de la Coalition sont apparus il y a quelques mois de cela, le mercredi 4 juin à 18 h 53. Oui, je me rappelle parfaitement l'heure, comme si j'allais oublier le moment où j'ai découvert qu'il y avait vraiment des « autres », dans l'espace. Je courais sur un tapis roulant à la salle de sports, et j'en étais à la vingt-troisième minute de mon entraînement, qui en dure quatre-vingt-dix, quand les écrans de télévision placés le long du mur sont devenus fous. Toutes les chaînes montraient des vaisseaux extraterrestres en train d'atterrir dans le monde entier, des putains d'aliens hyper grands mesurant deux mètres dix, des guerriers extraterrestres jaunes avec des armures noires de type camouflage, qui descendaient de leurs petites navettes comme si on leur appartenait déjà.

Bref. Ils parlaient notre langue et avaient décrété avoir gagné une bataille dans notre système solaire. Face à l'équipe de télévision, ils exigeaient de rencontrer les dirigeants les plus influents de la scène mondiale. Quelques jours plus tard, lors d'une rencontre à Paris, les extraterrestres avaient refusé de reconnaître la souveraineté des pays présents et avaient exigé que la Terre désigne un leader suprême, un « Prime », selon leurs propres termes. Un représentant pour le monde entier. Nos pays ne les intéressaient pas. Nos lois ? Idem. Nous faisions désormais partie de la Coalition, nous obéissions à leurs propres lois.

Cette rencontre a été retransmise en direct dans le monde entier, dans toutes les langues, non pas par nos relais télévisés sur Terre, mais par leur propre réseau satellite. Des dirigeants furieux et terrifiés en direct sur les chaînes de télévision internationale dans tous les pays ?

Franchement, la rencontre ne s'était pas déroulée au mieux.

Mon sang n'avait fait qu'un tour. Des émeutes avaient éclaté. Les gens avaient peur. Le Président avait convoqué la Garde nationale, et toutes les forces de police et les casernes du pays avaient œuvré sans relâche pendant deux semaines. C'était le laps de temps qu'il avait fallu aux citoyens pour comprendre que les extraterrestres n'avaient pas l'intention de nous exterminer et de s'emparer de ce qu'ils voulaient.

Mais ensuite... ça. Les épouses. Les soldats. Ils disaient ne pas vouloir de notre planète, prétendaient vouloir nous protéger, mais ils souhaitaient enrôler nos soldats pour combattre dans leur propre guerre, ainsi que des femmes humaines pour qu'elles se reproduisent avec leurs guerriers. Et j'étais la tarée qui s'était portée volontaire pour être le premier sacrifice humain.

Du sexe avec des extraterrestres géants et tout jaunes ? Car c'était ça que faisaient les épouses, elles avaient des rapports sexuels avec leur partenaire. Ouais, ils appellent pas ça un *mari*, mais un *partenaire*. Attention, j'arrive !

Ouais, moi.

Cette pensée cynique me fait frissonner, et je secoue la tête pour l'en chasser. Je suis en mission, une tâche délicate. L'idée de baiser avec l'un de ces guerriers gigantesques, au torse massif, à la peau dorée et à l'air dominateur ne devrait théoriquement pas m'exciter. Je ne sais pas sur qui je vais tomber, mais d'après les reportages TV, ils sont géants *de partout*. Et *tous* dominateurs.

Mais ça m'excite, et je compte bien retirer du plaisir de cette mission. Sinon, ce serait un cauchemar. Ce ne serait pas mal si je pouvais m'empaler sur leurs énormes sexes et avoir un orgasme de folie, non ? C'est l'un des avantages du métier. Je dois tirer un trait sur ma vie, ma maison, ma putain de planète pour les années à venir. J'ai bien droit à quelques orgasmes pour compenser, non ?

Je sers mon pays depuis des années. J'ai confiance en mes

capacités à gérer n'importe quelle situation, je m'adapte à tout. Je suis une survivante et qui plus est, je ne crois pas du tout ce qu'ils racontent. Mes supérieurs non plus. Quelles sont les preuves ? Où se cachent ces horribles créatures de la Ruche ?

Les commandants de la Coalition ont montré à nos dirigeants des vidéos que n'importe quel lycéen équipé d'un bon logiciel aurait été capable de créer. Personne sur Terre n'avait jamais vu de soldat de la Ruche en chair et en os, et la Coalition refusait de nous donner les armes et la technologie nécessaires pour nous défendre nous-mêmes contre cette menace mortelle.

Moi ? Je suis d'un naturel sceptique et extrêmement pragmatique. Si je peux faire quelque chose pour protéger mon pays, je le ferai. Le terrorisme, le réchauffement climatique, les trafiquants d'armes, le trafic de drogue, les hackers d'envergure internationale qui prennent le contrôle de notre énergie et de nos systèmes bancaires. Et maintenant ? Des extraterrestres. J'ai visionné des heures de vidéos et d'interviews avec leurs immenses commandants dorés venus d'une planète appelée Prillon Prime, mais je n'arrive toujours pas à m'y faire. Deux mètres dix de sexe à l'état pur.

Donc... une seule. Je ne connais qu'*une seule* race d'extraterrestres, sur les centaines supposées exister. Même les employée de leur centre de traitement, leurs Gardiennes, sont des humaines ayant vraisemblablement subi un lavage de cerveau. Pour un premier contact, les guerriers Prillon ne se sont pas montrés très convaincants. Leur stratégie de propagande aurait pu s'avérer plus efficace. Soit ça, soit ils n'en ont rien à foutre de ce que l'on pense parce qu'ils nous disent la vérité, et qu'une sale race d'extraterrestres très agressifs descendant en droite ligne des Borg de *Star Trek* menace effectivement d'éradiquer toute trace de vie sur Terre.

Je penche plutôt pour la théorie numéro un, mais la théorie numéro deux n'est pas à exclure. La Terre ne se *soumettra* pas.

Mon boulot ? Découvrir la vérité. Et le seul moyen de le faire, c'est d'aller dans l'espace. Ils ne réquisitionnent pas encore les soldats, j'ai de la chance, je fais partie de l'autre catégorie. Le Programme des Épouses Interstellaires.

Je n'avais pas vraiment imaginé ma journée ainsi. Non, je voulais la sempiternelle robe blanche atrocement chère, des fleurs, de la musique mièvre à la harpe et tout un tas de membres de ma famille à l'église, que j'allais devoir nourrir et qui me coûteraient un bras, bien que je ne les aie pas vus depuis dix ans. En parlant de mariage, comment diable les femmes qui se tiennent devant moi ont-elles pu être accouplées avec des extraterrestres, alors qu'on ignorait, il y a encore quelques mois de cela, l'existence même des extraterrestres ?

— Comment vous sentez-vous ? me demande la Gardienne Egara, et je réalise que j'étais perdue dans mes pensées pendant quelques minutes.

— Comment je me sens ? répété-je.

Vraiment ? Mon corps a mis un moment à récupérer. Ma chatte est trempée et cette blouse qui me démange est toute mouillée. Mon clitoris palpite au rythme de mon cœur, et je viens d'avoir les deux orgasmes les plus incroyables de toute ma vie. Sympa, le boulot d'espionne.

— Comme vous le savez, vous êtes la première femme humaine volontaire participant au Programme des Épouses Interstellaires. Nous sommes curieuses de savoir comment vous avez vécu cette expérience.

— Je suis votre cobaye ?

Elles sourient toutes, mais on dirait que seule la Gardienne Egara a droit à la parole.

— Dans une certaine mesure, oui. S'il vous plaît, dites-nous comment vous vous sentez après le test.

— Bien.

Elles ont toutes un air sérieux au visage. La brune qui m'a réveillée de mon rêve, la Gardienne Egara, s'éclaircit la gorge.

— Pendant la, hum, simulation...

Ah, c'est comme ça qu'ils l'appellent.

— ... vous avez assisté au rêve en tant que tierce personne ? Ou vous avez eu l'impression que c'était réel ?

Je soupire. Comment aurais-je pu faire autrement ? J'ai *l'impression* d'avoir baisé comme un bonobo avec deux immenses guerriers... et j'ai adoré.

— J'étais là. C'était réel.

— Vous aviez l'impression d'être son épouse ? Votre partenaire vous voyait comme étant sa propriété ?

Sa propriété ? C'était *bien plus* que lui appartenir. C'était... ouah.

— Partenaires au pluriel. Eh oui.

Merde. Le rouge me monte aux joues. Au pluriel ? Pourquoi avoir avoué ?

Les épaules de la Gardienne Egara se relâchent.

— Deux partenaires ? Vraiment ?

— Je viens de vous le dire.

Elle applaudit. Je me tourne et vois qu'elle est soulagée.

— Excellent ! Vous êtes compatible avec Prillon Prime, alors tout semble marcher à la perfection.

Un grand guerrier doré rien que pour moi, comme ceux qu'on voit à la télé ? Je valide. Heureusement que je n'ai pas été accouplée à des guerriers *d'autres* races. D'ailleurs, je me demande si elles existent vraiment.

La Gardienne s'adresse à l'une des autres femmes :

— Gardienne Gomes, pouvez-vous informer la Coalition que le protocole a été validé dans la population humaine et semble fonctionner parfaitement ? Nous serons en mesure d'enrôler des épouses volontaires dans nos sept centres d'ici quelques semaines.

— Bien sûr, Gardienne Egara. Avec plaisir, répond la Gardienne Gomes avec un fort accent portugais. J'ai hâte de retourner voir ma famille à Rio.

La Gardienne Egara pousse un soupir de soulagement. Elle prend une tablette posée sur la table à l'autre bout de la pièce et revient vers moi.

— Très bien. Étant donné que vous êtes la première femme participant au Programme des Épouses Interstellaires, j'espère que vous ferez preuve de patience durant l'élaboration des protocoles.

Elle sourit, elle est rayonnante, m'envoyer loin de la planète pour épouser un extraterrestre inconnu la galvanise. Toutes ces femmes ont *vraiment* été épouses d'extraterrestres ? Pourquoi est-ce que ce sont elles qui posent les questions ? Je veux en savoir plus. Quelques mois en arrière, les extraterrestres n'étaient que des petits bonshommes verts comme dans les films, des petites créatures dégoûtantes avec des tentacules qui squattaient notre corps et déposaient des larves faisant éclater notre poitrine.

OK, j'ai dû regarder trop de films de science-fiction. J'ai les jetons, il est temps de filer.

— Hum... je dois d'abord parler à mon père. Sinon il va s'inquiéter.

— Oh, bien sûr !

Elle recule et baisse sa tablette, qu'elle met de côté.

— Faites vos adieux, Amanda. Une fois le protocole lancé, le processus de transformation débutera et vous partirez immédiatement.

— Aujourd'hui ? Maintenant ?

Eh merde. Je ne suis pas prête là, *tout de suite*.

Elle hoche la tête.

— Oui. Maintenant. Je vais chercher votre famille.

Elle me laisse seule, et les autres femmes sortent en file indienne derrière elle. Je fixe le plafond, serre et desserre les poings, et j'essaie de rester calme.

Mon père ? Ouais, même pas vrai. Il n'est pas de ma famille, mais la Gardienne ne le sait pas. Je ne suis pas retournée à New York depuis deux mois. Mon appart ? Disons plutôt un pied-à-terre où dormir lorsque je ne suis pas en mission. Ce qui ne se produit... quasiment jamais. Au moins, ça ne me manquera pas.

Mon patron a réussi à m'appeler durant mes trois seuls jours de congé en trois mois et m'a emmenée directement de New York au Pentagone, où j'ai passé deux mois en débriefing et préparation intensive. Lorsque j'ai atterri à Miami, ils sont venus me chercher en limousine. J'aurais dû me douter que je ne rentrerais plus chez moi une fois le processus enclenché. Putain, je le *savais*, mais dans un coin de ma tête, j'espérais encore que tout cela n'était qu'une vaste farce. Je n'ai pas eu cette chance, et je ne pouvais rien faire. Impossible de dire non à la Compagnie. Je ne pouvais pas abandonner mon poste aussi facilement. Ce n'était pas la Mafia, mais un espion ne peut pas démissionner pour devenir prof, par exemple. Il y a *toujours* une nouvelle mission. Un boulot. Une nouvelle menace, un nouvel ennemi.

Mais de là à m'envoyer dans l'espace en tant qu'épouse extraterrestre ? C'est aberrant, même pour eux. Je sais néanmoins pourquoi j'ai été choisie. Je parle cinq langues couramment, je suis espionne de terrain depuis cinq ans, et, fait important, je suis célibataire, je n'ai pas de famille et par conséquent, rien à perdre. Mes parents sont morts et je suis une femme. On dirait que les extraterrestres ne veulent que des épouses femelles, je me demande s'il y a des homosexuels parmi eux. Les guerriers gays se marient-ils ? Ou est-ce qu'ils se débrouillent avec leurs potes guerriers et s'en contentent ?

Tant de questions sans réponses. Voilà pourquoi ils ont besoin de moi.

Cobaye ? Agneau sacrificiel ? Ouais. C'était un bon résumé.

La lourde porte s'ouvre et mon patron entre, suivi d'un homme que je reconnais. Je l'ai déjà vu. Ils portent des costumes bleu clair, des chemises blanches, une cravate jaune et l'autre à motifs cachemire. Ils ont les tempes grisonnantes et arborent la coupe militaire réglementaire. Ils paraissent insignifiants, le genre de types qu'on croise dans la rue sans les remarquer, à moins de les regarder droit dans les yeux. Ce sont les deux hommes les plus dangereux que je connaisse, et j'en connais un tas. Le Président les a choisis pour rétablir la vérité sur cette nouvelle menace extraterrestre.

Apparemment, je ne suis pas la seule à ne pas croire à toutes les conneries débitées par ces extraterrestres - *nous venons vous sauver, nous voulons vos soldats et vos femmes*. Aucun État sur Terre n'était très content, et les États-Unis et leurs alliés sont déterminés à découvrir la vérité. Grâce à mes origines - un père irlandais et une mère moitié africaine, moitié asiatique -, ils sont tombés d'accord sur un fait : je suis la représentation parfaite de l'espèce humaine. Ils m'ont demandé de me porter volontaire pour cette mission.

Quelle chance.

— Amanda.

— Robert.

Je salue l'homme silencieux sur sa droite. J'ignore son vrai nom.

— Allen.

Robert se racle la gorge.

— Comment s'est déroulé le test ?

— Bien. La Gardienne Egara m'a dit que j'étais compatible avec Prillon Prime.

Allen hoche la tête.

— Excellent. Les guerriers Prillon commandent toute la Flotte de la Coalition. Nous savons qu'ils gardent leurs épouses avec eux sur les vaisseaux de combat, aux premières lignes de cette prétendue guerre. Vous aurez accès aux armes, aux informations tactiques et à leurs technologies les plus avancées.

Génial. Il y a deux semaines de ça, quand j'ai accepté cette mission, j'avais les chocottes. Et maintenant ? Mon cœur s'emballe : ce que je *veux*, en définitive, c'est disposer des corps torrides de ces deux guerriers extraterrestres dominateurs...

Robert croise les bras et me regarde de son air protecteur. J'ai l'habitude, mais je joue le jeu, puisqu'il y tient.

— Le Programme des Épouses est sur pied et en marche, mais ils ne sont pas encore au point concernant le processus d'enrôlement de nos soldats dans leur armée. Il leur faudra encore quelques jours pour mener le test à bien. Lorsqu'ils seront prêts, nous enverrons deux hommes pour infiltrer le groupe et vous assister dans votre mission. Les hommes ont déjà été choisis. Ce sont des types bien, Amanda. Complètement noirs.

— Compris.

C'est vrai. Par « noirs », il veut dire des agents spéciaux si importants pour la sécurité nationale, qu'ils n'ont pas d'existence officielle. Ils vont envoyer des super soldats pour être sur tous les fronts. Pendant que je fricoterai avec l'ennemi, nos hommes infiltreront leur armée.

— D'une manière ou d'une autre, découvrez si la Ruche est vraiment une menace pour la Terre, faites-nous parvenir des informations sur les armes et les plans de leurs vaisseaux, ainsi que tout ce que vous trouverez d'autre.

Je sais pertinemment ce que je dois faire, mais Robert se fait un plaisir de me le répéter une fois encore.

Les extraterrestres, grands seigneurs, ont proposé de protéger la Terre de la Ruche, mais ils ont à maintes reprises refusé de partager leurs armes ou leurs avancées technologiques avec la Terre. Les dirigeants de la Terre sont mécontents. Rien de tel qu'être les rois du monde, une superpuissance pendant des dizaines d'années, avant de se faire renvoyer dans son coin, la queue entre les jambes. Les êtres humains ne sont plus le centre du monde, mais ne sont qu'une petite partie d'un univers constitué de planètes, de races, de cultures et… d'ennemis.

Robert lève le bras et me touche l'épaule.

— On compte sur vous. Le monde entier compte sur vous.

— Je sais, Monsieur.

Aucune pression, hein ?

— Je ne vous laisserai pas tomber, ajouté-je.

La Gardienne Egara revient à ce moment précis, le sourire aux lèvres, un peu trop joyeuse à mon goût. J'ignore ce qu'elle pense de mes deux visiteurs, mais elle n'a pas l'air ravie.

— Vous êtes prête, Mademoiselle Bryant ?

— Oui.

— Vous voulez bien nous excuser, Messieurs ?

Une fois les deux hommes en costume partis, elle se tourne vers moi, la tablette sur les genoux, le sourire aux lèvres.

— Ça va aller ? Je sais combien il est difficile de quitter ses proches.

Elle regarde par-dessus son épaule en direction de la porte fermée, et je réalise qu'elle parle de Robert, mon soi-disant père.

— Oh, hum… ouais. Ça. Nous ne sommes pas… très proches.

La Gardienne m'examine attentivement un bon moment. Elle voit bien que je n'ai pas l'air très affectée, et elle poursuit :

— D'accord. Donc, pour commencer le protocole… énoncez votre nom, s'il vous plaît.

— Amanda Bryant.

— Mademoiselle Bryant, vous êtes une demoiselle, vous n'avez jamais été mariée ?

— Non.

Fiancée une fois, mais ça a capoté un soir, quand j'ai annoncé à mon chéri de quoi je vivais. Je n'étais pas censée lui dire que j'étais une espionne, dommage…

— Des enfants ?

— Non.

Elle tapote sur l'écran à plusieurs reprises sans me regarder.

— Je dois vous informer, Mademoiselle Bryant, que vous avez trente jours pour accepter ou refuser le partenaire choisi pour vous d'après les protocoles d'accouplement du Programme des Épouses Interstellaires.

— D'accord. Et si je refuse celui qu'on m'a attribué ? Que se passera-t-il ? Je retourne sur Terre ?

— Oh, non. Pas de retour ici. À partir de maintenant, vous n'êtes plus une citoyenne de la Terre.

— Attendez. Pardon ?

Ça ne me plaît pas du tout. Ne pas revenir ? Jamais ? Je pensais passer un an ou deux là-bas et rentrer, filer sur une plage et siroter des piña coladas pendant quelques années. Je ne peux plus rentrer ? Ma citoyenneté est révoquée ? Ils peuvent vraiment faire *ça* ?

Je me mets à trembler, non pas d'excitation, mais de peur. Personne ne m'a dit au bureau que je ne reviendrais jamais. Ils le savaient. Seigneur, après cinq ans de service, ils m'envoient dans l'espace comme... une espèce de sacrifice ? Ces connards à l'agence ont évidemment oublié de mentionner ce tout petit détail.

— Mademoiselle Bryant, vous êtes désormais une épouse guerrière de Prillon Prime. Vous vous conformerez aux coutumes et aux lois de cette planète. Si votre partenaire ne vous convient pas, vous pouvez faire une demande pour obtenir un nouveau partenaire primaire à l'issue d'une période de trente jours. Vous continuerez le processus d'accouplement sur Prillon Prime jusqu'à ce que vous trouviez un partenaire qui *soit* digne de ce nom.

Je tire sur les liens qui me maintiennent sur la table. Mon esprit turbine à mille à l'heure. Pouvais-je m'échapper ? Changer d'avis ? Pour toujours ? Ne plus jamais rentrer chez moi ? Abandonner la Terre à jamais m'oppresse, je manque d'air. La pièce commence à tourner.

— Mademoiselle Bryant... Oh, mon Dieu.

La Gardienne Egara effleure la tablette qu'elle pose sur la table derrière elle.

— Tout ira bien, ma petite. Promis.

Promis ? Elle me promet que tout va bien se passer alors qu'on va me faire voyager dans l'espace et que je ne... rentrerai plus jamais chez moi ?

Le mur situé derrière moi s'éclaire d'une étrange lueur bleu clair. Le fauteuil bouge légèrement et se déplace vers la lumière.

Je ne peux pas regarder. Je ferme les yeux et me concentre sur ma respiration. Je ne dois pas paniquer. Jamais. Ça ne me ressemble pas.

D'un autre côté, c'est la première fois que j'éprouve des orgasmes multiples dans un putain de fauteuil. Et je n'ai jamais ô grand jamais fantasmé sur deux partenaires en même temps. Je n'ai jamais rien éprouvé de pareil sur Terre. Serait-ce comme ça ? Allais-je ressentir ce genre de choses avec mes hommes ? La Gardienne pose doucement ses doigts chauds sur mon poignet. J'ouvre les yeux, et elle se penche sur moi, l'air inquiet. Elle me sourit comme une institutrice de maternelle sourirait à un enfant de quatre ans terrorisé lors de son premier jour d'école.

— Ne vous inquiétez pas. Vous êtes compatibles à quatre-vingt-dix-neuf pour cent. Votre partenaire vous convient parfaitement et vous lui convenez également. Le système fonctionne. Lorsque vous vous réveillerez, vous serez auprès de lui. Il prendra soin de vous. Vous serez heureuse, Amanda. Je vous le promets.

— Mais...

— Lorsque vous vous réveillerez, Amanda Bryant, votre corps aura été préparé pour le protocole d'accouplement de Prillon Prime et les attentes de votre partenaire. Il vous attend.

Sa voix est plus formelle, on dirait qu'elle récite le protocole par cœur

— Attendez... je...

Je voulais parler, mais aucun son ne sort. Deux gros bras métalliques équipés d'énormes aiguilles à leur extrémité sont pointés vers mes tempes.

— Qu'est-ce que c'est ?

Je sais que j'ai l'air paniqué, je n'y peux rien. Je ne veux pas de piqûre.

— Ne vous inquiétez pas, ma petite. On va vous insérer des neuro-processeurs qui iront se greffer au centre du langage de votre cerveau. Comme ça, vous pourrez parler et comprendre n'importe quelle langue.

OK. Bon sang, on va m'implanter leur technologie avancée. Je me tiens parfaitement immobile, tandis que les deux aiguilles me percent les tempes, juste au-dessus des oreilles. Dans le pire des cas, je rentrerai chez moi et Robert m'enlèvera ces foutues puces, et je ne sais quoi d'autre, d'ailleurs, du crâne. Le pire, c'est que je sais qu'il le fera. Et si je ne reviens jamais ? Et si les extraterrestres disent vrai ? Et si je m'amourache de mon partenaire… ?

Mon fauteuil glisse dans une sorte d'habitacle. Je suis immergée, avec mon fauteuil, dans un tube chaud et relaxant rempli d'une étrange eau bleue.

— Le processus s'enclenchera dans trois… deux… un.

2

Commandant Grigg Zakar, Flotte de la Coalition, Secteur 17

À L'EXTRÉMITÉ droite de l'aile de mon avion, le vaisseau éclaireur de la Ruche passe en trombe, mais je n'y fais pas attention. C'est le croiseur lourdement armé devant moi qui m'inquiète.

— Le vaisseau de commandement de la Ruche est à portée. J'y vais.

J'informe mon équipage resté à bord du *Vaisseau de guerre Zakar*, mon vaisseau, afin qu'ils puissent coordonner le combat autour de mon attaque.

— Et pas de conneries, cette fois.

Le ton sec dans mon oreille est celui de mon meilleur ami, docteur émérite du secteur spatial, Conrav Zakar. Rav, pour moi ça a toujours été Rav, mon cousin. Nous combattons ensemble depuis plus de dix ans, et nous sommes des amis de longue date.

Ma bouche se fend d'un sourire désabusé. Ce connard parvient à me faire rire en plein combat.

— Tiens-toi prêt à me recoudre.
— Un de ces jours, je te laisserai te vider de ton sang.

Il ricane et mon sourire se mue en rictus derrière la visière transparente de mon casque de pilote.

— Non.

Je secoue la tête en guise de réponse à son humour à deux balles, tandis que je vise une faille sous le vaisseau de la Ruche et envoie un coup de canon sonar qui va fracasser, du moins je l'espère, cette putain de coque en deux. Sur ma droite, en formation de combat, deux de mes pilotes font crépiter leurs canons à ions en même temps. La luminosité engendrée par l'attaque est éblouissante.

Des applaudissements retentissent dans mon oreillette tandis que le vaisseau de la Ruche explose en morceaux devant moi. Nous devons encore tirer sur quelques vaisseaux éclaireurs, mais je ne perdrai plus le moindre transporteur ou terminal de transport supplémentaire dans ce système solaire. Du moins pas avant un bon moment, et pas sous mon commandement.

— Beau boulot, Commandant.

J'entends le sourire percer dans la voix de Rav.

— Et maintenant, ramène ton cul dans ce vaisseau, là où il est censé être, ajoute-t-il.

— Ma place est ici, parmi les combattants.

La voix de mon second, le Capitaine Trist, rugit dans mes oreilles. Il ne cache pas son désaccord :

— Plus maintenant.

Merde. C'est le genre de type réglo, à s'enfiler le manuel de réglementation.

— Si je restais au poste de commandement, Trist, vous vous ennuieriez.

— Vous prenez trop de risques, Commandant. Des risques que vous ne devriez pas prendre. Vous êtes responsable d'environ cinq mille guerriers, leurs épouses et leurs enfants.

— Très bien, Capitaine, si je dois mourir aujourd'hui, ils seront entre de bonnes mains.

Rav intervient :

— Non. Ils imploreraient le Général Zakar d'avoir pitié d'eux.

— C'est noté. Je rentre au vaisseau.

Si je dois mourir, ou pire, être capturé et contaminé par la Ruche, mon père, le Général Zakar, prendrait personnellement les commandes du *Vaisseau de guerre Zakar*. Je suis peut-être quelque peu aventurier, mais mon père est cruel et ne pardonne jamais. S'il reprenait du service, le décompte des morts doublerait, voire triplerait dans les deux camps.

Nous travaillons d'arrache-pied pour que la Ruche reste à sa place, pour endiguer leur expansion dans cette zone de l'espace. Mon père essaierait de les vaincre, de les faire battre en retraite. La réponse de la Ruche consisterait en l'envoi d'un plus grand nombre de soldats et d'éclaireurs. Ce serait l'escalade, comme ça s'est déjà produit. Nous nous sommes arrangés pour les reléguer dans différentes zones de l'espace. Nous avons inexorablement affaibli notre ennemi en le privant de nouveaux corps à assimiler, tout en clairsemant ses rangs. L'agression de mon père ruinerait des années de stratégie de la Coalition, des années de travail et d'organisation.

Mon père était trop arrogant et buté pour entendre raison. Il avait toujours été ainsi.

J'ai deux frères cadets qui s'entraînent au combat sur la planète Prillon Prime. Ils ont dix ans de moins que moi, et ne sont pas du tout prêts au combat. Ma mort obligerait mon père à abandonner son statut de conseiller sur Prime, à reprendre du service et à monter au front. L'autre possibilité, l'abandon du nom de Zakar afin que notre vaisseau soit affecté à un autre clan guerrier, n'était pas acceptable. Mon père préférerait mourir plutôt que voir sa famille déshonorée. Ce groupe de combat portait le nom de Zakar depuis plus de six cents ans.

Trist détesterait qu'on lui retire son commandement, et les types de mon vaisseau le détesteraient aussi parce que… Bon sang, tout le monde déteste le général. Ça prouve que je dois rester en vie. Je ne suis ni chaleureux ni tendre, mais je suis doué pour ce putain de travail.

En tant que commandant, je ne suis pas censé voler durant les missions de combat. Mais être assis aux commandes, aboyer des ordres et voir d'autres guerriers mourir à ma place n'est pas l'idée que je me fais de l'honneur. Si j'avais su que c'était aussi dur, j'aurais refusé le commandement d'une troupe de combattants. Je suis le plus jeune commandant depuis un siècle, et le plus téméraire selon certains. Les généraux plus âgés me qualifient de franc-tireur. Ils ne peuvent pas comprendre. J'ai besoin de combattre. J'ai besoin d'adrénaline. Parfois, je refuse de penser, je veux seulement me battre… ou baiser, et comme je n'ai pas de partenaire, combattre calme mes ardeurs. La mission accomplie, j'aurais dû me sentir apaisé. *Libéré.* Ce n'est pas le cas. Loin de là.

Une femelle gentille et consentante à la peau douce et à la chatte mouillée me ferait peut-être abandonner ces courses au combat effrénées.

Les éclaireurs de la Ruche ont infiltré notre espace depuis plusieurs semaines. Ils ont envoyé des équipes de trois à six hommes, ont pénétré nos périmètres de défense afin d'encercler et d'attaquer notre pôle de transport et nos transporteurs. En gros, ils me faisaient passer pour un nul sur ma planète.

Tous les soirs, j'ai droit à un appel de mon père, *après* qu'il a pris connaissance des rapports quotidiens. Il en a marre de voir que mon secteur perd du terrain dans cette guerre. Qu'il aille se faire foutre.

Si ce connard coincé m'appelle ce soir, il a intérêt à me féliciter d'avoir récupéré cette zone de l'espace.

Mon regard glisse vers le radar de surveillance à ma gauche tandis que mon avion de combat vire sur la droite en direction du vaisseau, à la base. Ouais, ce mastodonte de vaisseau en métal, c'est chez moi. D'après les explosions qui émaillent l'écran et les hurlements des combattants dans mes oreilles, le restant de la flotte de la Ruche, détruite, a battu en retraite.

Je donne l'ordre à la Septième Escadrille de Combat de rentrer à la base avec moi tandis que les deux autres terminent de pourchasser et d'éliminer nos ennemis. Impossible d'être capturé. Quand la Ruche capture un homme, on ne le revoit plus jamais. Ceux qui ont survécu sans séquelles dans les Centres d'Intégration de la Ruche sont irrémédiablement perdus, envoyés à La Colonie pour vivre leurs derniers jours en tant que guerriers contaminés, morts aux yeux de tous.

Non. Je préférais ne pas faire de prisonniers. La mort était un acte de bienveillance que je me faisais une joie d'accorder.

— Commandant, attention !

L'avertissement arrive au moment où l'alarme de mon vaisseau éclaireur retentit. Le bruit de l'explosion me parvient alors que mon appareil est éventré.

Le vaisseau explose dans un rai de lumière aveuglante. Mon corps est éjecté dans la noirceur de l'espace. Ma combinaison de pilote est la seule chose qui me maintient en vie. L'intensité de l'explosion et la force de mon éjection au fin fond de l'espace sont le pire traumatisme que j'aie jamais éprouvé.

— Commandant ? Vous m'entendez ?

Je pars en vrille, trop vite pour prendre mes repères, trop vite pour suivre l'énorme étoile rouge-orangé qui me relie au système planétaire. Impossible de reprendre le contrôle, de m'arrêter. La pression exercée sur mes organes est douloureuse, j'ai du mal à respirer, je gémis en luttant pour ne pas perdre connaissance.

— Sortez-le de là !

— Un autre vaisseau !

Je perds le compte du nombre de voix alors qu'une explosion de lumière et de chaleur s'abat sur mon flanc gauche. Des débris me dépassent à toute vitesse, si rapides qu'ils sont impossibles à suivre, tandis que le vaisseau de la Ruche explose.

Je ressens une douleur cuisante dans ma cuisse. Je serre les dents, et le sifflement de ma combinaison de pilote indique une perte de pression, me glaçant le sang. Le système de réparation intégré de la combinaison colmate immédiatement la brèche, pour me maintenir en vie.

Mais je crains que ça ne prenne trop de temps.

Sans cesser de tournoyer, je ferme les yeux et j'essaie de stopper les claquements de la visière de mon casque. J'ai la nausée, de la bile me monte à la gorge.

— Il est touché, Capitaine. Sa combinaison n'est plus étanche.

— Combien de temps ?

— Moins d'une minute.

— Transporteurs, vous pouvez le localiser ? demande Trist.

— Non, Monsieur. L'explosion a endommagé son émetteur.

— Qui se trouve à proximité ? Capitaine Wyle, quelle est votre position ?

— Six nouveaux combattants de la Ruche détectés, ils se dirigent droit sur lui.

— Dégommez-les.

Du Trist tout craché.

— On y va, dit le Capitaine Wyle.

— Non, gémis-je alors que Wyle ordonne à la Quatrième Escadrille de Combat une opération suicide à l'approche des nouveaux combattants de la Ruche.

— Putain ! Sortez-le de là, bordel. Maintenant ! aboie Trist, me donnant mal à la tête.

Les capteurs de mon cœur se mettent à biper, comme si je ne savais pas que ma tension artérielle était dangereusement haute et que mon cœur battait bien trop vite.

— J'envoie un patrouilleur médical.

C'est Rav.

— Pas le temps. Wyle, sortez le bras de transmission.

— Sa combinaison risque de se désintégrer sous le choc.

C'est encore Rav.

— C'est ça ou se faire capturer par la Ruche, répond Trist.

Je refuse d'y penser.

— Rien à foutre. Wyle, vas-y.

Je préfère exploser en million de menus morceaux plutôt qu'intégrer l'équipe des cyborgs de la Ruche.

— Oui, Monsieur.

La poussée dégagée par le bras de transmission déployé du Capitaine Wyle me donne l'impression de percuter un mur, et mon front heurte mon casque. Violemment.

Je suis complètement sonné. Je ne peux réprimer un cri d'agonie, j'ai l'impression que ma jambe est entièrement arrachée au niveau du genou. Des explosions éclatent alentour, et je les compte pour ne pas perdre connaissance.

J'arrive jusqu'à cinq, et c'est le trou noir.

―――

Docteur Conrav Zakar, Vaisseau Zakar, Unité Médicale

— Il est mort ?

La voix du nouvel interne tremble, et je n'ai pas eu le temps de lui demander son nom. Je m'en fiche, d'ailleurs.

— Ferme-la et aide-moi à lui enlever sa combinaison.

La combinaison de pilote standard de la Flotte de la Coalition est une armure noire quasiment indestructible, créée automatiquement par les générateurs de matière dans notre vaisseau, les GM. J'utilise un scalpel laser pour découper une manche lorsque le jeune officier fait une suggestion qui me ramène à la réalité.

— Et si on le mettait dans le générateur de matière et qu'on demandait au vaisseau de s'en charger ?

Génial. Je continuais de détester ce petit con quand même.

— Déplaçons-le.

Je prends mon cousin et meilleur ami par les aisselles et le soulève avec toute la force des guerriers Prillon. J'aurais pu le porter moi-même, mais mon assistant s'avance et soulève Grigg par les genoux.

Il ne va pas mourir maintenant. Il a fait son putain de travail, à mon tour de faire le mien. Ce n'est pas le moment de penser qu'effectivement, s'il n'avait pas quitté son poste de pilotage, je serais en train de faire la fête avec les autres au lieu de le ramener à la vie. Quel crétin !

On le déplace aussi précautionneusement que possible sur un matelas tout noir. Les scanners des GM se mettent à l'œuvre avec leur quadrillage vert. Ils examinent l'armure de Grigg, la lui retirent couche par couche. Le revêtement supérieur de l'armure de Grigg comporte une multitude de minuscules coupures, en lieu et place d'entailles franches et profondes. Du sang s'écoule de sa botte gauche, et les gouttes s'écrasent au sol avec un bruit qui me fait grincer des dents. Son casque est tellement déformé qu'on ne parvient pas à le déverrouiller et à le retirer. La visière est brisée, des milliers de fêlures m'empêchent de voir son visage.

Si les biomoniteurs n'avaient pas démontré qu'il était toujours vivant, que son cœur battait, je n'aurais jamais cru qu'on puisse survivre dans cette armure détruite.

Je place la main sur le panneau d'activation et ordonne au vaisseau d'ôter son armure à Grigg. Impatient, je ne détourne pas le regard lorsque la faible lueur verte éclaire son corps.

Une fois la lumière éteinte, Grigg est nu et saigne sur le matelas. Mon cœur va s'arrêter.

— Putain, Grigg. Quel merdier !

Grigg est tout ensanglanté, et sa peau habituellement or foncé est maculée un peu partout d'étranges taches orange et rouge. Sa jambe gauche est ouverte jusqu'à l'os entre le genou et la cuisse, et le sang coule à flots à chaque battement de cœur

Je m'agenouille et pose un garrot. Ça ne le guérira pas, mais ça arrêtera l'hémorragie pendant que je porte cette tête de mule jusqu'à la Capsule ReGen.

— J'ai besoin d'aide !

Des assistants et des techniciens arrivent en courant.

— Aidez-moi. Attention à sa jambe.

Je le soulève en le tenant par les aisselles et j'essaie de faire en sorte que sa tête ne retombe pas comme celle d'une poupée en chiffon. D'autres viennent me prêter main-forte, et on le descend rapidement de la table.

— Capsule ReGen ?

— Oui, immédiatement.

Nous nous déplaçons de concert vers la grande unité d'immersion à taille humaine que l'on utilise pour les blessures les plus graves.

— On l'endort ?

— Tu la fermes ou tu dégages, rugis-je.

— Bien, Monsieur.

La porte de l'unité médicale s'ouvre et le Capitaine Trist déboule dans la pièce. Il jette un regard à Grigg et s'arrête net.

— Il est mort ?

— Non. Mais il le sera bientôt si on ne l'installe pas dans le ReGen.

Trist se place entre deux techniciens et les aide à soulever Grigg. Si mon cousin était un guerrier Prillon de taille moyenne, nous n'aurions pas besoin d'être cinq pour le déplacer, mais c'est un géant de deux mètres dix. Grigg, comme tous les membres de l'escadrille des guerriers de Prillon Prime, est un gros bestiau pesant pas loin des cent trente kilos de muscles. Conçue pour la guerre, la race Prillon est plus grande et plus forte que n'importe quelle autre race de la Coalition. Et la famille Zakar ? Grigg et moi appartenons à l'un des plus anciens clans guerriers de la planète. D'un point de vue génétique, il est prédisposé à être aussi massif.

Je pousse un soupir de soulagement une fois le commandant plongé dans la lumière bleue de la Capsule ReGen. Le couvercle transparent se referme automatiquement sur le corps abîmé de Grigg, et les capteurs se mettent immédiatement à l'œuvre. Nous reculons et regardons les brûlures et vilaines coupures clairement visibles sur son visage.

— Il a eu de la chance de ne pas perdre son œil droit, dit

l'interne qui m'a aidé avant de se déplacer vers le tableau de commande.

Il y fait les réglages nécessaires pour s'assurer que Grigg se rétablisse aussi rapidement que son corps le lui permettra.

— Il peut s'estimer heureux d'être en vie.

Trist abat sa main couverte de sang sur la partie supérieure du couvercle transparent.

Il se tourne vers moi et je secoue la tête.

— Inutile de me regarder comme ça.

— Tu es son second. Sa famille. Tu peux pas le contrôler, bon sang ? Il ne peut pas continuer comme ça.

La colère de Trist fait prendre une teinte or foncé à sa peau d'ordinaire jaune pâle.

— C'est le commandant de cette unité de combat, pas un fantassin ou un pilote de chasse. On ne peut pas se permettre de le perdre.

— Les hommes l'admirent, dit l'interne situé à l'autre bout de la Capsule ReGen avec un respect teinté d'effroi. On parle de lui à la cafeteria. Partout, putain. On ne parle que de lui.

— Vous êtes obligé de rester là ? demande Trist.

L'interne regarde le tableau de commande.

— Le commandant se rétablit correctement. Tous les protocoles nécessaires à sa régénération sont enclenchés.

— Vous êtes obligé de rester là ? répéta Trist.

— Techniquement, non.

La jeune recrue semble choquée, et sa peau pâle vire au même gris maladif que son uniforme. Il a peur de Trist. À juste titre. Le capitaine est aussi grand que Grigg et deux fois plus méchant.

— Laissez-nous.

Quelques secondes plus tard, je me retrouve seul avec le capitaine, qui s'affale dans un fauteuil à l'autre bout de la pièce.

— Comment l'arrêter ? poursuit-il. Il est en train de devenir fou. Bon sang, on dirait une bête furieuse, un putain de berserker Atlan.

Le danger écarté, la colère se mêle au soulagement tandis que je m'assois à côté de Trist pour veiller sur le corps inconscient du commandant. Nos mains et nos uniformes sont maculés de sang.

— On ne peut pas l'arrêter.

Je fixe mes paumes ensanglantées du regard. J'ai envie d'étrangler Grigg. Je l'aime comme un frère, mais c'est allé trop loin, à cause de la folie de son père. Il a pris trop de risques. Il joue à un jeu très dangereux et il va perdre. Il est vivant, alors ce n'est pas un échec total, mais la prochaine fois ? Et la suivante ? La prochaine fois, il n'aura pas cette chance. La prochaine fois, il pourrait y rester.

J'en ai marre. Trist en a assez, lui aussi.

J'y ai beaucoup réfléchi, et je ne vois qu'une seule solution. Je n'en ai jamais parlé auparavant. Grigg et moi n'avons aucun secret, mais pour le coup, je n'ai rien dit. J'y pense depuis longtemps. Il est dans la Capsule ReGen, en train de se remettre d'une artère fémorale sectionnée, d'un fémur cassé, de graves commotions, et allez savoir quoi d'autre encore. Le moment est venu.

— Si on est incapable de le persuader d'arrêter, sa partenaire y arrivera peut-être.

Trist étend ses jambes devant lui.

— Il n'a pas de partenaire.

Je me tourne lentement vers lui.

— Alors, on va lui en trouver une.

Trist tourne les yeux vers moi.

— Et comment donc ?

Je me lève et fais les cent pas.

— En ce moment précis, c'est toi qui commandes.

La hiérarchie s'apprend dès le premier jour d'école de combat. Je n'ai pas d'explication à fournir à Trist.

— Et ?

— Il est commandant dans la Flotte de la Coalition. Il a droit à une partenaire via le Programme des Épouses Interstellaires.

Ordonne-moi de lui trouver une partenaire. Ordonne-moi d'amorcer le protocole de compatibilité.

Trist écarquille les yeux face à mon idée. Il n'est pas tête brûlée comme Grigg. Il est réfléchi et méthodique.

— Et lorsqu'il se réveillera ?

Je souris. Moi aussi, je suis réfléchi et méthodique.

— Le processus est subconscient. Ce sera comme dans un rêve. Il ne se souviendra de rien, et après, il sera trop tard. Il ne saura pas ce que nous avons trafiqué jusqu'à l'arrivée de sa partenaire, en chair et en os.

Trist sourit. Bon sang, il sourit. C'est la première fois que je le vois comme ça. Je pensais que son visage était endommagé ou qu'il était resté coincé de façon permanente sur une expression hagarde.

— Et après, il sera trop occupé à la sauter pour se foutre dans la merde, dit Trist avant d'éclater de rire.

Je suis trop abasourdi pour enregistrer ses paroles.

— Vas-y, Docteur. Trouve-lui une partenaire. C'est un ordre, ajoute-t-il.

3

Commandant Grigg, Quartiers Privés, Vaisseau de guerre Zakar

Pour la dixième nuit d'affilée, j'ai les yeux fixés au plafond au-dessus de mon lit, incapable de trouver le repos. J'attends.

Je *l'*attends.

Qui est-elle, je l'ignore. Une déesse, peut-être ? Le fruit de mon imagination ? Une séquelle de mon accident ?

Tout ce que je sais, c'est que je bande comme pas deux. Je sens la douceur de sa peau, la chaleur moite de sa chatte étroite, et quand je me réveille, gémissant et en sueur, je dois me masturber pour relâcher la pression. Ça n'est pas long, un à deux va-et-vient et j'éjacule comme un jeune en rut.

Elle me hante.

Nous en sommes à la quatrième rotation, la moins active d'après l'horloge du vaisseau. La majeure partie des gens sont dans les bras de Morphée, sauf moi. Impossible de dormir depuis mon réveil dans la Capsule ReGen, face au visage renfrogné de Rav et au regard inquiet du Capitaine Trist. Ils n'ont pas décroché un mot depuis mon rendez-vous manqué avec la mort. C'est inutile. Mon père a pesté pendant deux heures, jusqu'à ce que son visage vire à l'orange de colère, menaçant de me faire saigner les tympans.

— Oh, allez vous faire foutre. Tous autant que vous êtes.

Je parle tout seul, dans mon appartement spacieux, sur mon énorme matelas à eau, assez grand pour trois à quatre personnes. Je suis complètement seul. J'aurais pu trouver une femme pour me tenir chaud si je l'avais voulu. Mais je n'en ai pas envie. Du moins, je n'y avais jamais vraiment pensé, jusqu'à aujourd'hui.

Quand j'étais plus jeune, en permission, j'avais tellement de femmes que je ne savais plus où donner de la tête. En avançant en âge et en prenant du galon, les femmes veulent autre chose. Baiser avec un guerrier jeune et fort ne leur suffit plus. Elles me regardent d'un air calculateur. Maintenant que je suis commandant, que j'ai un certain grade, elles ne veulent plus seulement coucher avec *moi*, Grigg. Elles veulent être la *partenaire* d'un commandant Prillon. Elles veulent le statut social, le rang, la richesse *et* le pouvoir.

Mais baiser et s'accoupler est complètement différent. Baiser peut se résumer à quelques heures de plaisir. S'accoupler c'est… la quintessence.

Mon poing saisit mon membre durci, qui se contracte, prêt à décharger. Je frotte mon pouce le long de mon sexe à chaque saccade. Je sais comment me soulager, ce sera du rapide. Mon corps se tend, ma respiration s'arrête tandis qu'une vision floue de *sa personne* emplit ma tête, et ma semence toute chaude gicle dans ma main.

Les bourses enfin vides - pour le moment -, je soupire, repousse les couvertures et marche nu jusqu'à la salle de bains. Merde, je bande à nouveau. J'ai peut-être un problème. Je ne vais quand même pas dire à Rav que je bande en pensant à une belle nana. Je soupire, saisis ma queue à nouveau. Ouais, bon sang, il ne me croira jamais. Pire encore, il me croira et se mettra à rire sans s'arrêter.

Une bonne douche chaude m'aidera peut-être à dormir, mais d'abord, je dois soulager cette gêne qui enfle dans mes testicules.

Quelques instants plus tard, je ferme les yeux et laisse le jet d'eau chaude ruisseler sur mon corps. Je me lave rapidement, j'apprécie le luxe et le calme. Nous n'avons pas besoin d'eau pour nous laver, mais j'ai gardé cette vieille habitude par... plaisir.

Mon sexe à nouveau dur dégouline. Du liquide pré-séminal s'échappe de mon gland. Putain, si ça se trouve, la Capsule ReGen m'a trop bien réparé et m'a donné une super bite. Je ne me suis jamais rétabli aussi vite. La main autour de mon gland épais, je me tourne pour faire face au jet d'eau et je m'appuie contre le tuyau de la douche tandis que la chaleur m'enveloppe. J'essaie de me *souvenir*.

Le rêve. Sa chatte humide. Ses seins ronds et pleins. L'étrange couleur de sa peau, ses yeux sombres, étonnants et exotiques, ses cheveux noirs. Il ne s'agit pas d'une femelle Prillon dorée, mais d'une femme alienne. Étrange. Belle. Mon sexe durci écarte ses jambes et ses petites lèvres...

— Commandant ! fait une voix surexcitée dans l'enceinte de ma salle de bains.

Je me raidis sous l'eau. Fait chier.

— Ici Zakar, grogné-je.

Cette fois-ci, mes souvenirs d'elle étaient plus nets. Je la voyais de façon plus détaillée, mais la vision se dissipe avec la conversation. C'est fichu, elle s'est évanouie de mon esprit.

— Commandant, une urgence. Vous êtes attendu à l'infirmerie numéro un.

— Qu'est-ce qui se passe ?

Il y a un court silence. Je branle mon sexe une fois, deux fois, et je rugis. Je n'ai pas le temps de terminer cette fois-ci. Je dois planquer ma pauvre queue dans un uniforme et supporter cette armure noire et rigide qui me comprime les couilles et le sexe comme dans un étau.

— Le Docteur Zakar me demande de vous dire... Je n'y arrive pas, Monsieur.

Je hausse les épaules. J'essaie d'imaginer quel message mon blagueur de cousin a bien pu transmettre au jeune officier.

— Parle sans crainte. Qu'a-t-il dit ?

L'officier répond en soupirant :

— Il vous dit de vous magner le cul jusqu'à l'infirmerie, et plus vite que ça. Votre partenaire vient d'arriver.

— *Ma quoi ?*

Le son de ma voix résonne sur les murs de la petite salle de bains.

— Il m'a ordonné de couper les moyens de communication. Désolé, Monsieur.

Le son s'éteint. Je me rince et je me sèche. J'ai la tête qui tourne. Ma partenaire ? Putain, qu'est-ce qu'il raconte ?

Quelques minutes plus tard, je fais irruption dans les couloirs aux lignes vertes conduisant à l'infirmerie numéro un, où je tombe sur mon cousin qui fait les cent pas.

— C'est quoi ce bordel, Rav ?

Il pivote sur ses talons et se retourne en entendant ma voix.

— Par les couilles de Prime, Grigg. T'en as mis du temps.

Rav est tendu, il a les veines du front et du cou saillantes, ses yeux sont vitreux d'excitation ou de peur, je ne sais pas trop. Le besoin d'apporter réconfort et sang-froid, même à mes guerriers, l'emporte, et mon pouls se calme lorsque je pose ma main sur l'épaule de Rav et la serre.

— Je suis là. Dis-moi de quoi tu as besoin.

Bien droit dans son uniforme vert foncé de docteur, Rav ferme les yeux et inspire profondément. Une fois certain qu'il va bien, j'ôte ma main et j'attends.

Rav ouvre les yeux, et cet éclat indéfinissable est toujours là.

— Elle est là.

— Qui ?

— Elle s'appelle Amanda Bryant. Elle vient d'une nouvelle planète membre appelée Terre.

— Qui est-ce ? Que fait-elle ici ?

— C'est ta partenaire, Grigg - notre partenaire.

Je ne peux plus respirer. La Capsule ReGen. Les rêves. Putain, les rêves. Mon sexe revient à la vie. Les rêves étaient bien réels. Elle a un nom. Amanda Bryant.

— Qu'est-ce que t'as fait ?

Rav se détourne sans me répondre. Au lieu de me fournir des explications, il pénètre dans une unité de soins et je le suis. La porte glisse silencieusement derrière nous. La machine émet des bips, tous les techniciens médicaux travaillent efficacement en silence. Je ne quitte pas Rav des yeux tandis qu'il compte le nombre de patients. Le service peut accueillir trois cas critiques et compte une vingtaine de lits supplémentaires. Tout le monde s'affaire : les internes en uniforme gris, les docteurs en vert. Je les ignore et j'attends la réponse de Rav.

— Ordre du Capitaine Trist.

Je ne le crois pas une seule seconde. Trist obéit aux règles. Pas Rav. Il ne suit les ordres de Trist que lorsque je suis en mission, comme...

Merde. Comme lorsque je me suis retrouvé à moitié mort et inconscient dans la Capsule ReGen.

— Conrav ?

Je l'ai appelé par son prénom. Je ne l'appelle *jamais* par son prénom.

— Tu allais mourir.

— Rav ! aboyé-je, et les techniciens sursautent.

— Elle est belle, Grigg, dit-il d'une voix presque... pensive ? Si douce.

Il vient vers moi, baisse la voix afin que je sois le seul à entendre, et ajoute :

— Des putains de formes. Bon sang, elle a la chatte rose. Et son cul ! Oh la vache, j'ai envie de me la faire depuis le moment où on l'a transportée. Tu vas voir...

Un gémissement doux et féminin s'échappe de l'autre côté des salles privées d'examen médical. Le son va droit vers mon sexe douloureux. J'écarquille les yeux. Je reconnais ce bruit tout au fond de moi. Je l'ai entendu en rêve. Le bruit se fait de nouveau entendre. Rav sourit comme un enfant le jour de son anniversaire, lorsqu'il va ouvrir son plus gros cadeau.

— Elle est train de se réveiller.

Malgré mon agacement envers mon cousin et l'indiscrétion de Trist, je suis intrigué. Je suis le docteur tandis que nous pénétrons dans une petite salle d'examen.

— Elle est à moi ?

— Oui. Choisie selon les protocoles stricts du Programme de Recrutement des Épouses Interstellaires. Elle est compatible à presque cent pour cent. Elle est parfaite pour toi, à tous points de vue.

J'en ai ras-le-cul que la Coalition me dicte ma vie dans les moindres détails, et c'est valable pour ça aussi. Les protocoles sont nombreux, et impeccables. En tant que dirigeant, le protocole me sort par les yeux. Voilà pourquoi j'ai promu Trist au rang de second. Il adore la paperasse.

— Écoute, cousin, je sais que t'es excité, mais je doute que...

C'est alors que je la vois, ma partenaire, mon épouse. Je m'arrête net. Rav ricane et me passe devant. Il prend son matériel médical.

— C'est pour quoi faire ? demandé-je, stupéfait.

— Pour l'examiner et lui faire subir des tests. Il fallait qu'elle se réveille et que tu sois présent.

Elle est belle à tomber. D'épaisses boucles brunes s'étalent sur le coussin. Sa peau n'est pas dorée ou jaune comme celle d'une femelle Prillon, mais d'une tonalité plus douce, crème foncé. Elle est allongée sur le dos sur la table d'examen.

— Elle a été transportée ?

Rav hoche la tête.

— Au hangar des transporteurs, mais elle a été transférée ici.

— Dans cette tenue ?

Je vois rouge, elle est toute nue alors qu'elle *m'appartient.*

— Qui l'a vue ainsi ?

Le visage plein de désir de Rav - d'être son second partenaire - redevient sérieux.

— J'étais présent lors de son arrivée. Je l'ai enveloppée à même le drap sur lequel elle est allongée.

Je regarde le drap blanc qui pend sur les côtés de la table.

— Personne n'a le droit de la voir dans cette tenue, sauf moi.

Je jette un coup d'œil derrière moi, la porte est bien fermée.

— T'as compris, Rav ? Personne n'a le droit de la voir dans cette tenue. Jamais, dis-je en grondant.

Un besoin instinctif de protection et une férocité incroyable m'envahissent, je n'aurais jamais cru ça possible. Ma réaction manque de logique, vu que notre cérémonie officielle d'accouplement aura lieu en présence de témoins choisis parmi mes guerriers préférés, ceux que Rav ou moi honorerons de notre confiance durant ce droit sacré. Ils nous regarderont la baiser, la posséder, la faire nôtre, et ne resteront pas simplement plantés là, à admirer bêtement son corps splendide.

Son visage a les traits fins et doux, elle ne ressemble à aucune femelle que j'ai rencontrée. Ses seins sont hauts et fermes, et sa chatte, comme l'avait promis Rav, est d'un rose foncé jamais vu auparavant. J'ai envie de me pencher et de glisser ma langue entre ses replis, de découvrir son goût exotique. J'ai envie de m'installer entre ses cuisses parfaites et de les écarter pour la caresser avec ma langue. Je salive rien qu'à cette idée.

— C'est quoi comme race de femelle déjà ? demandé-je sans la quitter des yeux.

Elle s'étire, mais garde les paupières fermées. On dirait qu'elle se réveille d'une sieste, pas d'un voyage galactique.

— La Terre. La race humaine.

— Je n'ai jamais vu de femelle pareille.

Jamais. Elle est belle, enivrante, exotique. Impossible de la comparer à une autre femelle.

— C'est la toute première épouse venue de leur monde.

Je regarde Rav, sous le choc.

— La première épouse ?

Il hoche la tête.

— Oui. La Terre est devenue membre temporaire de la

Coalition il y a quelques semaines de ça. La Ruche a envahi les limites de leur périmètre, transport Zone 2.

Je commence à comprendre.

— Ils pourchassent les guerriers de La Colonie.

Rav acquiesce.

— Ils sont probablement tombés sur la Terre. L'attaque a contraint la Coalition à contacter la Terre. Ses habitants avaient appris l'existence d'autres êtres dans l'univers il y a quelques semaines à peine.

Je me souviens des rapports, maintenant. Une petite planète. Soi-disant belle, un tourbillon impressionnant bleu et blanc avec un...

— La Terre n'a pas obtenu le statut de membre à part entière, car trop barbare, si mes souvenirs sont bons. Ils ont refusé de choisir un Prime ?

Rav prend son équipement de docteur et hoche la tête en signe d'assentiment.

— Oui. Trop occupés à créer des frontières et à s'entre-tuer pour conquérir de nouveaux territoires, comme des animaux sauvages. Si elle est rebelle, je me ferai un plaisir de donner la fessée à ce beau petit cul.

À cet instant, il ne ressemble pas du tout à un docteur. On dirait un homme qui rencontre sa partenaire pour la première fois. Il en prend conscience.

Nous pensons à la même chose. Si la fessée de Rav ne suffit pas, je pénétrerai sa chatte rose avec mon membre durci, je l'enculerai jusqu'à ce qu'elle me supplie, j'emplirai sa bouche de foutre et tiendrai violemment sa tête en arrière pour frapper sa jolie gorge pendant qu'elle avalera. Mais si nous sommes vraiment compatibles, elle allait adorer mon besoin de domination, et j'adorerais contrôler son plaisir. On ferait ça à la sauvage. Être dominée par deux guerriers lui plaira certainement.

Le désir et un besoin animal de posséder ma partenaire

m'envahissent telle une éruption volcanique, et mon rugissement retentit dans la pièce avant que je puisse me retenir.

Merde. Je suis fichu.

Le bruit fait ouvrir les yeux de ma petite partenaire. Elle me dévisage avec une certaine réticence et une crainte qui ne me plaisent pas. Je plonge mon regard dans ses étranges iris marron foncé. Elle plisse les yeux, soupçonneuse et réticente, alors que je ne veux lire qu'une seule expression sur son visage : le désir, l'envie, la confiance.

Le désespoir, quand j'attendrai qu'elle nous supplie de la détacher.

Quatre expressions.

— Putain, Grigg. Arrête de lui faire peur, qu'on puisse mener à bien les derniers tests médicaux afin de l'installer dans nos appartements.

Je hoche la tête, j'ai hâte qu'elle se retrouve dans mon lit, où on la possédera pour la première fois et où on profitera des joies de l'accouplement.

Le regard expressif de ma partenaire va de moi à Rav. Elle inspecte la chambre, la lumière, le matériel d'examen, la porte. Elle ne fait pas mine de se couvrir, comme si son corps était sans importance. Je trouve son comportement étrange, cela m'intrigue.

J'avance doucement pour ne pas lui faire peur et m'incline.

— Bienvenue. Je suis Grigg, le partenaire qui t'a été attribué, et voici Conrav, mon second.

Elle ne bouge pas, mais prend la parole. L'entendre me fait bander encore plus.

— Amanda.

Son prénom ne me suffit pas. Je veux l'entendre supplier, ivre de plaisir. Elle se regarde et se racle la gorge.

— J'y crois pas, ils m'ont rasée.

Sa peau est douce et sans défaut, comme celle de n'importe quelle femelle. Je ne réponds pas, j'ignore à quoi elle ressemblait auparavant. Je suis emballé par l'éclat de sa peau douce et sa merveilleuse chatte.

Elle surprend mon regard et se racle la gorge.

— Oh, interdiction de me raser. C'est un atout, OK ?

Ses jambes pivotent sur la table d'examen et je ravale l'ordre qui me vient à l'esprit. Je ne veux pas qu'elle referme ses cuisses, je les veux ouvertes, grandes ouvertes pour accueillir mon sexe, ma bouche... pour tout ce que je désire.

— Je pourrais avoir une couverture ? Des vêtements ?

Je secoue la tête.

— Pas encore. Rav est docteur. Il doit d'abord terminer ton questionnaire médical.

Elle fronce ses sourcils sombres qui contrastent avec sa peau ivoire. Son visage est tellement différent du nôtre, doux et rond, des courbes douces et des vallées que j'ai hâte d'explorer avec mes doigts et mes lèvres. J'ai envie de connaître le goût de sa peau, de savoir si sa saveur exotique est à l'image de son odeur, douce et féminine à la fois, une fleur inconnue que je n'ai pas encore explorée.

— On m'a déjà examinée au centre d'enregistrement, dit-elle en regardant autour d'elle. Sur Terre.

Rav ricane.

— Non, partenaire. La Flotte exige que tout nouveau membre subisse un examen médical complet avant d'être intégré à la population.

Il prend un petit outil et vérifie qu'il est prêt. J'ignore à quoi ça peut servir.

Elle fronce ses sourcils noirs, j'aimerais la rassurer. Elle se tourne vers moi.

— Tu es le partenaire avec lequel j'ai été accouplée.

Je hoche la tête.

— Oui.

Elle regarde Rav, qui incline la tête par respect.

— Mais... ?

— Je suis le Docteur Conrav Zakar, ton second partenaire, Amanda Bryant de la Terre.

— Un second partenaire ? demande-t-elle, et ses joues s'ombrent de rose foncé, pas aussi joli que celui de sa chatte, mais un joli rose quand même. Je ne... Oh, mon Dieu.

Elle est complètement perdue.

— Mes partenaires, marmonne-t-elle toute seule en évitant notre regard. Ce rêve. Putain. Ce rêve. Oh, mon Dieu. Quelle perverse je suis ! Et maintenant, deux partenaires ? Merde. Robert avait bien dit que ce boulot me conviendrait parfaitement. J'aimerais bien le voir avec deux partenaires. Je ne peux pas faire ça. Je ne peux pas.

4

manda

Lorsqu'ils sont confrontés à des situations nouvelles, les gens paniquent et sont terrorisés. Pas moi. On me compare à un caméléon ; grâce à ma mixité et mes talents linguistiques, je me fonds dans la masse et m'adapte à n'importe quel environnement, n'importe quel job. Mais aucun caméléon n'est jamais allé dans ce putain d'espace. C'est… c'est dingue. Les deux types devant moi ne sont pas des trafiquants d'armes, des assassins, la Mafia russe ou les triades chinoises. Ce sont des extraterrestres. Provenant de ce putain d'espace.

Ils sont grands. Vraiment grands, oh la vache. Ils mesurent environ deux mètres dix de haut et sont bâtis comme les rugbymen des Samoa. Bourrés de stéroïdes. Ils n'ont pas l'air humains avec leurs yeux et leur peau dorés. Le plus grand, Grigg, a des yeux orange foncé et des cheveux châtain clair, on dirait du caramel sur un *sundae*. Ils ne ressemblent pas aux petits hommes verts des films de science-fiction. Ils sont vraiment très séduisants. Beaux. Forts. Gigantesques. Et apparemment, nous sommes des partenaires compatibles. Compatibles ! Un processus de test nous a - nous ? Putain comment j'ai pu être accouplée avec deux mecs ? - définis comme étant parfaitement compatibles, nous sommes totalement assortis.

Et mon *second* partenaire ? Conrav, le docteur ? Il est presque aussi grand, le même type d'homme, la même couleur dorée. Ses yeux ressemblent à du miel liquide et ses cheveux sont blond clair. Je détourne le regard.

Je ne sais qu'une chose les concernant, ils sont... super torrides. Mais je m'en fous, je suis dans ce putain d'espace, et l'autre mec, Rav, agite dans ma direction un capteur qui clignote.

Je m'assois et m'empare du drap sur lequel je suis assise. Pourquoi est-il sous moi et pas sur moi ? Je n'en ai pas la moindre idée.

— Tu penses trop. D'après nos nouvelles données concernant les humains, ton rythme cardiaque est trop élevé et ta tension artérielle anormalement haute, dit Conrav d'une voix clinique.

Le désir que j'ai cru voir dans ses yeux a totalement disparu. Pour une raison inconnue et totalement incompréhensible, ça me perturbe encore plus que le fait d'être regardée bêtement par ces deux mâles extraterrestres fous de désir.

Je fixe l'homme et repousse le capteur, reconnaissante, sous l'influence de je ne sais quel processeur implanté dans mon crâne - et la légère migraine que ça occasionne -, même si je sais que sans lui, il me serait tout à fait impossible de comprendre un traître mot de ce que disent ces hommes.

— Bien, Conrav Zakar, pas besoin d'être docteur pour savoir que mon cœur s'emballe et que ma tension artérielle augmente, ça s'appelle le syndrome de la blouse blanche.

— Appelle-moi, Rav, partenaire.

— Éloigne ça de moi tout de suite.

Rav fronce les sourcils.

— Je ne connais pas ce syndrome. Ça arrive sur Terre ? C'est contagieux ? Ça aurait dû être éliminé par le biofiltre du système de transport.

Appuyé contre le mur les bras croisés, Grigg rit.

— Je crois qu'elle veut dire qu'elle est tendue, surtout en présence de docteurs.

— Il a raison. Sur Terre, les médecins, du moins là d'où je viens, portent des blouses blanches à l'hôpital, une espèce d'uniforme.

Rav me regarde, quelque peu rassuré que je ne leur refile pas une maladie inconnue, et je poursuis :

— Écoutez, je vais bien. Je suis tendue, effectivement. Je me trouve dans un vaisseau au beau milieu de l'espace. J'ignorais votre présence il y a quelques mois de ça, les gars. Et me voici ici, sans espoir de retour.

Je déteste sentir cette appréhension dans ma voix. Je remonte le drap sur mon corps et soupire. Ouais, ce minuscule bout de tissu ne m'aide pas vraiment à me sentir mieux.

Grigg s'éloigne du mur et se poste auprès de Rav. L'un est brun, l'autre blond. Grigg porte une armure noire, un uniforme que je reconnais comme étant la tenue militaire officielle de la première ligne de la Coalition. L'autre est vêtu d'une chemise verte et d'un pantalon. Le partenaire nommé Rav touche son torse large. Il m'intimide et semble sacrément musclé sous sa chemise, bien qu'il ne soit pas aussi costaud que Grigg avec son armure de combat. Le vert doit être un uniforme, personne ne s'habillerait de la sorte de sa propre initiative. Je me demande à quoi ils ressemblent nus, si leurs torses et leurs épaules vont me donner envie de mieux les connaître.

C'est quoi mon problème ? Je suis réveillée depuis deux minutes à peine et je veux déjà me faire sauter ?

— Ce vaisseau, c'est chez toi, désormais. Nous serons ta famille. Une fois l'examen médical terminé, nous commencerons notre nouvelle vie ensemble, décrète Grigg.

Je les regarde, je me sens toute petite. À leur façon de m'observer, je me sens féminine, désirée. Je n'ai jamais ressenti ça avec un autre homme auparavant. Jamais. Mais ce n'est pas la raison de ma présence ici. Je dois m'en souvenir.

— À ce propos, dis-je en les montrant du doigt, c'est avec le « nous » que tu as employé dans ta phrase que j'ai un peu de mal.

Les deux hommes échangent un regard.

— Tu n'as pas deux partenaires sur Terre ? demande Rav.

— Euh, deux partenaires ? Tu veux dire un ménage à trois ?

— Ah, oui. Un ménage à trois. Tu nous appartiens à tous les deux. Sous peu, nous ne serons pas de simples partenaires, nous serons unis lors d'une cérémonie d'accouplement solennelle et définitivement liés.

Je secoue la tête.

— Le ménage à trois n'existe pas sur Terre. C'est un à la fois. Certains testent le sexe à trois. Pour le fun.

— Tu veux dire que tu couches avec deux mecs à la fois seulement pour t'amuser et te divertir, pas pour t'accoupler ? demande Rav.

J'écarquille les yeux et je rougis.

— Moi ? Non. Non, non, non. Je pensais être accouplée à un seul partenaire, pas deux. Sur Terre, avoir deux maris ou deux partenaires est illégal.

— Illégal ? La loi n'en autorise qu'un seul ? dit Rav en ricanant, et je jurerais que ça leur a coupé la chique. Tu vas aimer être accouplée à deux mecs, alors.

— Oui, ajoute Grigg en hochant la tête. Deux hommes pour te protéger.

— Te chérir.

Ils poursuivent leur énumération.

— Te toucher.

— Te baiser.

— Te goûter.

— Te faire hurler de plaisir.

Grigg prononce la dernière phrase d'une voix grave et rauque qui me donne la chair de poule.

Le truc que Rav tient à la main est équipé d'anneaux qui deviennent bleu clair. Il le tend, l'agite devant moi et ricane.

— L'idée te plaît.

J'essaie de battre en retraite sur la table, mais mes genoux heurtent le repose-pieds. Impossible de m'éloigner d'eux. Les hommes avancent.

— Quoi ? Non. Non, non, non.

— Tu dis un peu trop souvent « non », l'alienne. On va t'apprendre à dire « oui » dit Grigg, et son regard laisse entrevoir des milliers de tortures érotiques toutes différentes les unes des autres.

Oh putain, ça devient vachement chaud.

— Je n'aime pas l'idée que vous me sautiez tous les deux.

C'est un gros mensonge, mais je ne connais pas ces hommes, ces... *extraterrestres*, l'idée qu'ils me prennent tous les deux à leur convenance sur la table ne devrait pas m'attirer. Peut-être un dans ma chatte et l'autre...

La lumière passe du bleu au rouge.

— Ne mens pas, Amanda. Jamais. Nous allons partager une vraie expérience. On va te donner la chance d'apprendre, mais désormais, tu devras être sincère concernant tes besoins et tes désirs, sinon tu seras punie. Tu exprimes ta pensée, mais ton corps, lui... dit Grigg en montrant le capteur. Il ne ment pas.

— Ce truc ne peut pas vous dire ce que je veux.

À moins que si ? Ils ont des gadgets bizarres qui lisent dans les pensées ? Et pourquoi pas une baguette magique, tant qu'on y est ?

Rav répond en s'approchant si près que je peux sentir la chaleur de son corps. Je frissonne.

— Ça détecte toutes tes fonctions corporelles. Le rythme cardiaque et la tension artérielle, mais également ton niveau d'excitation, l'élévation de ta chaleur corporelle, l'afflux massif de sang dans ta chatte rose.

Je repousse mes cheveux derrière mes épaules.

— Là d'où je viens, le rythme cardiaque et l'excitation font l'objet d'examens distincts, ils n'ont pas la même importance pour la survie.

— Ah, c'est toute la différence. Si on ne t'attire pas, qu'on ne t'excite pas, alors le lien n'existe pas.

La voix rauque de Grigg me donne la chair de poule, et mes tétons durcissent. Mon Dieu, quel effet ça doit faire de sentir sa verge me pénétrer tandis que sa voix ordonnerait...

— Les partenaires sont liés pour la vie, Amanda. En l'absence de lien, les guerriers doivent renoncer à leur épouse et en choisir une autre, une partenaire qu'ils pourront exciter, dont ils pourront répondre aux attentes et gagner sa confiance. Lorsqu'une nouvelle épouse arrive, il est primordial de tester ces capacités d'excitation - sa facilité à atteindre l'orgasme - pour s'assurer qu'aucune raison médicale ne l'empêche de ressentir l'attirance et la compatibilité nécessaires envers ses partenaires.

Je reste bouche bée. Je les fixe avec des yeux ronds avant de jeter un coup d'œil vers la porte.

— Vous allez me sauter et me dire que ça fait partie de l'examen médical ?

— Nous n'attendons rien de toi, Amanda Bryant. Je dois tester ton système nerveux et tes réponses. Puis, on te baisera, partenaire, promet Rav, comme si c'était moi qui étais demandeuse. Je suis désolé qu'on ne puisse pas coucher ensemble tout de suite. Selon le protocole, on doit d'abord t'examiner avec notre matériel médical.

Je me décontracte. Ils sont canon, mais je ne vais pas baiser avec eux tout de suite. Je ne suis pas une traînée, et j'espère bien qu'ils le savent. De plus, ça fait partie de mon boulot. Je dois m'en souvenir. Oui, j'étais d'accord pour venir jusqu'ici et me comporter comme une partenaire extraterrestre. Mais je suis une espionne avant tout. Ma loyauté et ma vie appartiennent à mon pays, ma planète, aux hommes, aux femmes et aux enfants de la Terre que j'ai protégés pendant cinq ans. Ils veulent m'introduire des gadgets qui envoient des décharges ? Je m'en fous. J'ai vu pire.

— Et si je vous dis que vous êtes chaud bouillant ? leur dis-je.

Domptée par Ses Partenaires

Ils me dévisagent. Grigg me bouffe des yeux tandis que Rav mène la conversation :

— Notre température corporelle est identique à la tienne, je ne vois pas ce qui te fait penser qu'on est particulièrement chauds.

Ça me fait sourire.

— Désolé, c'est de l'argot terrien. Ça veut dire que vous êtes séduisants.

Rav soupire. Le soulagement se lit dans son regard. Je n'avais pas envisagé une seule seconde que ces grands et méchants guerriers extraterrestres pourraient se préoccuper de ce que je pense. S'inquiéter que *je* ne veuille pas d'*eux*. Ici, je suis une alienne. L'intrus, c'est moi.

Leurs femmes doivent certainement mesurer plus d'un mètre quatre-vingt, avoir la peau dorée, et être bâties comme des athlètes. Moi ? Je suis de taille moyenne, mes cheveux bruns bouclés et ébouriffés me donnent un air rebelle, bonnet C, des fesses rondes et plutôt bien en chair. L'espionne idéale pour se fondre dans la masse. J'ai de beaux yeux marron foncé, comme le coulis d'un *sundae*. C'est tout ce que j'ai de remarquable. Je n'ai rien d'exceptionnel, je dois être à l'opposé de leurs canons de beauté.

Mon Dieu, et ils s'attendent à ce que je couche avec eux ? À ce que je m'accouple avec eux deux ? Pour toujours ?

Oh, la vache. Ma chatte me trahit, elle se contracte tandis que des bribes de mon rêve tournent en boucle dans ma tête. Soudain, j'imagine Grigg derrière moi, me forçant à accueillir son sexe, à l'embrasser, tandis que la langue de Rav s'enfonce dans mon...

— Bon, l'examen devrait bien se passer, dit Rav avec un rictus, et je ferme étroitement les cuisses sous le minuscule drap tandis qu'il agite sa baguette. Partenaire, me permets-tu de procéder à l'examen ?

— Tu veux tester mon attirance envers vous ?

Peu importe. Je me suis faite à l'idée. Quel genre d'examen

vont-ils me faire subir ? Ils peuvent même agiter cent baguettes s'ils veulent, je m'en fiche. Tout ce que je veux, c'est mettre le grappin sur l'un d'entre eux et rentrer sur Terre. Je suis persuadée que la baguette magique fait partie des technologies que les extraterrestres nous interdiraient de posséder.

Rav acquiesce.

— Oui. Je dois tester ta compatibilité et ton degré d'attirance. C'est le protocole, Amanda. Aucune épouse n'y échappe à son arrivée.

Je hausse les épaules.

— D'accord. Alors vas-y.

— Parfait, répond-il. Allonge-toi sur la table d'examen, la tête sur l'oreiller. Oui, comme ça. Maintenant, lève les mains et touche le mur derrière ta tête. Là, les paumes jointes.

Je m'installe sur la table d'examen, je rajuste le drap sur moi et plaque les mains contre le mur. Bizarre, mais pourquoi pas ? Je peux m'adapter. Je suis un caméléon.

―――――

Conrav

LORSQUE LES LIENS sortent du mur et lui entravent les poignets, l'expression d'Amanda indique clairement qu'un examen médical normal ne se déroule pas ainsi sur Terre. Elle veut défaire ses liens, et je m'inquiète.

— Amanda, calme-toi, dis-je en me postant à côté d'elle pour enlever les mèches qui lui tombent sur le visage. Chut

— Inutile de m'attacher. Enlève-moi ça !

Ses yeux lancent des éclairs.

— C'est pour ta protection, dit Grigg. Rav va terminer les tests, on doit vérifier qu'ils sont corrects. Reste allongée.

— Qu'est-ce que vous allez me faire ?

Grigg se place de l'autre côté du lit et la regarde. Il lui caresse le bras.

— Ça ne fera pas mal.

— Pas de piqûres, hein ? Je déteste ces putains de piqûres. Frappe-moi, noie-moi, mais pas de piqûres.

Je secoue la tête et baisse la voix, histoire que mon partenaire reste calme. On l'a frappée ? Je lui demanderai ça plus tard. Pour le moment, je dois la calmer.

— Pas de piqûres.

— Que du plaisir, ajoute Grigg, bien qu'il n'ait jamais assisté à un examen.

Nous lui parlons à voix basse et la touchons jusqu'à ce qu'elle se calme. Je regarde les chiffres sur le mur au-dessus de ses poignets. Les liens sont équipés de capteurs qui testent son biorythme. Son rythme cardiaque demeure élevé, mais je ne suis pas inquiet. Amanda a raison, il est *normal* qu'elle soit tendue.

Si elle arrive à rester dans cette position, Grigg dit vrai : le test ne lui procurera que du plaisir. J'appuie sur un bouton dans le mur, et la table se rétracte sous ses jambes. Le tiers inférieur s'escamote, et ses jolies fesses se retrouvent au bord de la table, pile au bon endroit. Je lui soulève les hanches afin que sa jambe soit surélevée et que l'étrier soit placé dans la bonne position. Grigg fait de même avec l'autre jambe.

— J'ai pas besoin d'examen gynécologique, marmonne-t-elle en regardant son corps que l'on termine de préparer pour le test. Quand j'en passe un, je ne suis pas attachée, bon sang.

— Il ne s'agit pas d'un examen gynécologique, dis-je en prenant la baguette d'insertion du bioprocesseur posée sur une desserte à roulettes.

Grigg épie chacun de mes mouvements. Je réprime mon agacement. C'est tout nouveau pour lui et sa partenaire. Il est là pour surveiller et protéger.

— C'est une baguette de bio-implant, reprends-je. J'en ai deux, une pour ta vessie et l'autre pour ton rectum. Le processus biologique de ton organisme sera désormais entièrement régulé et contrôlé par les unités de biorégulation du vaisseau.

— Je ne comprends pas.

La poitrine d'Amanda se soulève, et je dois garder mon sang-froid pour ne pas être distrait. J'ai envie de toucher sa peau, de la goûter. J'ai longtemps cru que Grigg ne trouverait jamais de partenaire, j'ai du mal à me maîtriser.

— Tout est recyclé et reconditionné par le Générateur de Matière à bord du vaisseau. Ces implants évacueront tes déchets automatiquement, ils finiront au recyclage.

J'écarte doucement le drap et le laisse pendre, exposant son corps magnifique.

— Quoi ?

Elle se débat, elle tire sur les liens qui retiennent ses poignets au mur. Ses courbes sont parfaites, sa taille fine comparée à ses hanches larges et ses fesses rondes. Elles doivent bien tenir en main. J'ai hâte de lui donner la fessée pour les voir remuer, devenir rose foncé, entendre ses gémissements de douleur se muer en plaisir, pendant que je les prendrai à pleines mains pour les écarter, pour la posséder, la sodomiser.

Grigg, qui a dû s'apercevoir de ma distraction, répond à ma place :

— Tu n'auras plus jamais besoin d'évacuer les déchets de ton corps toi-même.

— Quoi ?

Pour une raison ou pour une autre, cela la perturbe, et elle tire plus fort sur ses liens. Ses seins ballottent alors qu'elle lutte pour se libérer.

— Les liens de tes poignets comportent des capteurs, Amanda, on ne peut pas les enlever tant que le test n'est pas terminé, dis-je avant de prendre ma voix de médecin la plus calme possible. Je peux t'attacher les hanches pour que tu te tiennes tranquille. Tu restes dans cette position, ou je t'attache ?

Elle me regarde comme si elle voulait m'étrangler, si tant est qu'elle ait les mains libres. Elle répond les dents serrées :

— Je me tiens tranquille.

— Gentille fille, répond Grigg en lui caressant les cheveux.

Amanda détourne la tête pour éviter Grigg, et je fais semblant de ne pas remarquer sa main tendue, dans l'expectative. Grigg a toujours eu confiance en lui, et je ressens le rejet de notre partenaire aussi vivement que lui. L'espoir de tomber sur une épouse facile et simple déferle dans ma poitrine comme une bête froide et furieuse. Elle ne correspond pas à ce à quoi je m'attendais. Elle ne souhaite visiblement pas être ici.

Je m'attendais à une épouse soumise, une femme aimante qui nous accueillerait à bras ouverts. J'espérais une épouse assez docile pour calmer la fureur de Grigg. Mais Amanda est volcanique, elle lutte, elle lutte et elle a peur. Je me demande si le protocole de recrutement des épouses ne s'est pas trompé. C'est la première épouse provenant de son monde. Le système doit peut-être subir des tests supplémentaires ?

— Ne bouge pas, Amanda. Je vais insérer mes doigts dans ton vagin. Je dois m'assurer que les bio-implants sont correctement implantés.

Elle garde le silence, les cuisses tendues et tremblantes, de peur ou de stress, je ne sais pas trop, mais je n'aime pas ça du tout ça. J'ai effectué cet examen pour d'autres guerriers à bord du vaisseau des douzaines de fois, toujours avec le même sens du devoir et de la joie pour les guerriers et leurs nouvelles partenaires. Mais cette fois-ci, sa chatte m'appartient. Son cul m'appartient. Son cœur, son énergie, sa vie ? À moi.

Les jambes repliées, les pieds dans les étriers, son cul et sa chatte à la vue de tous, je perds subitement mon sens pratique. Elle est notre partenaire, j'ai envie qu'elle jouisse avec une telle intensité que l'atmosphère me paraît oppressante, je ne me rappelle plus de ce que je dois faire. Putain, l'odeur moite et musquée de l'excitation me fait bander, mon sexe est dur comme du bois.

5

onrav

— Rav.

La voix de Grigg est rauque de désir, mais il se retient. Ses narines frémissent en sentant le désir de notre partenaire.

La tête en arrière et le corps cambré, je l'imagine entravée. Elle a donné sa permission, et on le lui a bien dit, son corps ne ment pas. Elle *aime* cette nouvelle position, vulnérable et exposée. Son odeur la trahit. Je bande un peu plus à chaque instant, on dirait qu'elle sent mon regard sur son sexe, ce besoin urgent de laisser tomber l'examen, de retirer mes gants pour la baiser comme un fou. En tant que Prillon, nous sommes très sensibles à nos partenaires sur ce plan. Nous ressentons l'excitation, l'envie de baiser, et nous nous en servons pour bien traiter nos partenaires. Ça nous permet d'avoir des épouses rassurées et apaisées.

— Quoi ? Y'a un problème ?

La voix d'Amanda me ramène à la réalité. Je me penche sur elle pour qu'elle me voie.

— Non, partenaire, dis-je en me raclant la gorge. Excuse-moi. Je vais commencer l'examen immédiatement.

Elle pose la tête sur la table, sans cesser d'ignorer Grigg, qui se tient sur sa droite, le visage fermé et inexpressif. Je connais ce putain de regard. Il est vexé, il le cache et va faire une connerie, à moins d'avoir mieux à faire. Je sais qu'il ressent le désir d'Amanda à notre égard. Mais apparemment, ça ne le calme pas.

— Grigg, tu peux tenir la main de notre partenaire ? La première partie de l'examen peut engendrer un certain inconfort.

Ma partenaire et mon cousin obéissent à mes directives, mais je sais pertinemment que c'est uniquement parce qu'ils y sont contraints. La grosse main de Grigg attrape doucement celle bien plus petite et délicate de notre partenaire, et je pousse un soupir de soulagement lorsque leurs doigts s'entrecroisent, sa peau crème contrastant nettement avec celle de Grigg, or foncé.

— Très bien, Amanda, dis-je en repassant en mode docteur. La première insertion concerne le stimulateur d'excitation. Puis ce sera le tour du système nerveux et du bio-implant qui va réguler ta chatte et ta vessie.

Amanda fixe le mur et nous ignore.

— Ça a l'air marrant. Vas-y, qu'on en finisse.

Grigg grogne en entendant sa réponse fataliste. Je surprends son regard et hoche la tête. Il est primordial que notre partenaire soit excitée et en manque. Elle est littéralement terrorisée, à peine arrivée et à mille lieues de ce qu'elle connaît. Elle ne peut pas comprendre l'importance qu'elle revêt à nos yeux, combien elle nous est précieuse. Mais elle apprendra. Elle apprendra, bon sang. Et ça commence maintenant.

Je pose ma main à l'intérieur de sa cuisse. Sa peau est la plus douce que j'aie jamais touchée. Je fais semblant de ne pas paraître vexé lorsqu'elle sursaute.

— Relax, Amanda. Il n'y aurait pas de piqûres et ce sera indolore, promis.

Elle soupire et s'installe. Je glisse la main vers ses lèvres roses et luisantes que j'ai hâte de goûter. Mes bourses sont tellement gonflées que ça me fait mal, elles sont lourdes comme des pierres. Je bande, mais j'essaie d'ignorer la gêne, et j'agite la baguette en direction de sa chatte.

Le matériel médical doit être froid quand je l'introduis dans son vagin. Il se fraye peu à peu un passage, glisse doucement, s'enfonce de plus en plus profondément dans sa moiteur.

Elle lève un pied de l'étrier et se cambre.

— Putain, c'est quoi ?

Elle est furieuse et gênée, mais l'examen figure obligatoirement au protocole de Recrutement des Épouses, impossible d'y déroger.

Grigg attrape son pied et le replace dans l'étrier.

— Ne bouge pas, partenaire.

La sonde profondément enfoncée dans son vagin, les lèvres douces de sa chatte se referment sur elle comme des épaisseurs de soie, l'enserrant profondément. Je place les paumes de mes mains sur ses cuisses et essaie de la rassurer.

— L'examen fait partie du protocole, Amanda. Je suis désolé que tu sois mal à l'aise. Tu préfères que je demande à un autre docteur de terminer l'examen ?

— Non ! aboie-t-elle littéralement, comme si elle était choquée que je puisse le lui proposer.

Dieu merci. L'idée qu'un autre homme puisse la voir ainsi me serait insupportable, et je doute que Grigg soit d'accord. Elle n'est pas encore en sécurité, elle ne nous appartient pas encore. On ne l'a pas encore possédée, on ne l'a pas encore baisée, on ne lui a pas encore passé son collier au cou ni n'avons éjaculé en elle, nous ne l'avons pas encore fait hurler de plaisir jusqu'à ce qu'elle nous supplie de la prendre. Elle est vulnérable, elle n'est pas encore notre partenaire, personne ne l'a encore possédée. Au moment béni où nous sortirons de l'infirmerie, les gens se moqueront de nous si elle ne porte pas notre collier à son cou. Grigg lui maintient la hanche en place d'une main de fer.

— Vite... dépêche-toi.

Son vagin se contracte autour de la sonde que Grigg tient fermement, ses fluides coulent le long de l'embout qui s'enfonce en elle. L'influx nerveux et les autres instruments viennent en dernier, comme un poids mort, attendant d'être insérés dans son corps.

Je me mets au travail. J'insère ce qui va servir à lui installer l'implant et j'installe le stimulateur de clitoris. J'amorce la ventouse en commençant par la vibration la plus basse et je prends la baguette lubrifiée pour l'implant anal.

Je jette un regard au visage de ma partenaire. Elle se mord la lèvre, elle halète. Elle ferme fort les yeux. Sa main s'ouvre et se referme comme si elle comptait, ou essayait de se contrôler.

Inquiet, je vérifie les écrans pour m'assurer de sa santé et de sa sécurité. Elle va bien, mais sa température corporelle a légèrement augmenté. Quant à son excitation ? Putain. Je regarde Grigg.

— Son excitation flirte avec les soixante-six pour cent.
— Qu'est-ce que ça veut dire ?

Il me regarde les sourcils froncés, troublé par ma terreur mêlée d'admiration.

— Elle est à mi-chemin de l'orgasme, et l'examen n'a même pas encore commencé.

Grigg a un sourire suffisant, il pense la même chose que moi : nous avons beaucoup de chance. On est tombés sur une partenaire extrêmement sensible et qui aime ça.

Amanda expulse violemment l'air de ses poumons, on dirait qu'elle retient sa respiration pour voir notre réaction. J'applique une bonne quantité de lubrifiant sur l'embout anal, pas plus gros que mon pouce, et le positionne devant son anus.

— On t'a déjà enfilé quelque chose là-dedans, partenaire ?

Elle secoue la tête et écarquille les yeux.

— Non.

Mon sexe se raidit à cette nouvelle. Ce cul vierge m'appartient. En tant que Partenaire Primaire, Grigg a des droits exclusifs sur sa chatte jusqu'à ce qu'elle tombe enceinte de notre premier enfant. Ensuite, je pourrai la posséder librement à mon tour, la baiser et espérer que ma semence donne la vie. Pour le moment, en tant que Second Partenaire, son cul, sa bouche et tout le reste m'appartiennent. Quand on la possédera pendant la cérémonie d'accouplement, Grigg s'occupera de sa chatte et je m'enfoncerai jusqu'aux bourses dans son petit trou étroit et rose. Je place l'embout lubrifié à l'entrée et l'enfonce doucement, en faisant attention.

Elle ne se rebelle pas, n'émet aucun son tandis que l'embout pénètre profondément entre ses fesses. Elle se dilate, et je comble tous ses orifices pendant que Grigg la maintient.

Notre courageuse petite partenaire lutte contre les réactions de son corps. Dès que j'ai la confirmation que les bio-implants microscopiques ont été correctement insérés, j'augmente l'intensité sur son clitoris. Plus haut. Plus fort. Plus vite. La machine aspire, vibre, appuie... Elle lui envoie tout ce qu'elle veut, tout ce dont elle a besoin pour atteindre l'orgasme.

Elle gémit. Je regarde les écrans et comprends pourquoi.

— Soixante-dix pour cent. Quatre-vingts.

Elle va atteindre l'orgasme telle une explosion d'ions sortie de la bouche d'un canon. Parmi tous les examens menés pour d'autres guerriers, j'ai rarement vu une femelle aussi réactive. Bon sang, elle est parfaite, et si torride qu'elle est sur le point de jouir.

— Quatre-vingt-cinq.

Grigg lui lâche la main et lui touche la poitrine, la malaxe, lui pétrit les tétons tandis qu'elle lève les hanches. L'orgasme approche. Bientôt. Pour nous. Rien que pour nous, ses partenaires.

— Éteins. Maintenant.

Amanda

. . .

— Quoi ?

Éteindre ? Pourquoi éteindre ? J'ai une sonde énorme dans le vagin, une autre entre les fesses, une pompe de dingue aspire et suce mon clitoris tel un démon me forçant à jouir, et deux immenses hommes dominateurs inconnus au bataillon me lorgnent comme si je leur appartenais.

D'après les règles barbares de cette société extraterrestre, c'est le cas. Apparemment, je leur appartiens. Je suis leur partenaire. Ils peuvent disposer de moi à leur guise, me faire jouir. Et tout stopper net. Je ne veux pas qu'ils arrêtent. Bon d'accord, l'instant d'avant je ne voulais pas qu'ils commencent, mais maintenant...

— Grigg ?

C'est la voix de Rav.

— Éteins.

Le ton de sa voix est sans appel. Mon vagin se contracte autour de la sonde en guise de réponse.

Cette voix autoritaire ne devrait pas déclencher d'orgasme, je ne devrais pas vouloir l'entendre. Et pourtant si, nom de Dieu. J'y suis presque, je me débats, mon vagin me fait mal, même mon anus se contracte. Cette sensation me dépasse, les larmes menacent de couler. Je suis au désespoir, en manque, vulnérable. Je ne suis jamais vulnérable.

Rav ajuste quelque chose entre mes jambes, tout s'arrête, j'ai le souffle court, je voudrais hurler de frustration. Je n'en peux plus, je veux que ça continue, mais la vibration et l'aspiration sur mon clitoris s'arrêtent totalement. J'allais jouir, mon excitation est à un niveau incroyable.

Je me mords la lèvre et ravale un gémissement de douleur exquise. Je refuse de révéler mon manque en laissant échapper ce son, de trahir ma faiblesse devant ces hommes totalement étrangers. Je n'arrive pas à croire que j'aie accepté de subir cet examen stupide. Ça ne ressemble à aucune procédure médicale que je connaisse.

Tout ça pour me laisser dans un tel état de manque ? C'est embarrassant. Les implorer serait l'humiliation totale.

Je. Ne. Les. Supplierai. Pas. *Jamais.*

— Connard.

C'est tout ce que j'arrive à dire. Connard.

Grigg lâche un grognement face à cette insulte. Il me titille le sein avec sa grosse main, il pince et relâche mon téton, inlassablement.

— Regarde-moi.

Je ferme les yeux, je refuse de tourner la tête dans sa direction.

— Regarde-moi.

Je secoue la tête, vexée qu'on me laisse en plan. Fragile. En manque. Ouverte. Incontrôlable.

Vulnérable.

Une grosse claque atterrit à l'intérieur de ma cuisse, et la brûlure m'envahit telle une vague de chaleur à laquelle je ne suis pas préparée. J'ouvre les yeux. Je ne peux contenir le son qui sort de mon corps torturé, ce gémissement, tout comme je ne peux empêcher mon vagin de se contracter de plaisir et de douleur. L'écran bipe de nouveau et Rav arque un sourcil.

— Quatre-vingt-dix.

La main de Grigg passe de mon sein à mes cheveux. Il me force à tourner la tête. Il me touche, je suis à sa merci, je cambre les hanches en direction de la pompe aspirante, j'essaie désespérément de jouir. C'est un *besoin*.

— Re-gar-de-moi.

Incapable de l'ignorer plus longtemps, je tourne la tête. Son visage n'est qu'à quelques centimètres du mien, ses lèvres sont si proches que je pourrais les goûter avec ma langue, un mélange musqué qui me donne envie de découvrir sa peau. Nos regards se croisent. Le sien est animal, agressif. Je me fige, je me soumets d'instinct à son air dominateur, avant même qu'il ouvre la bouche. C'est la première fois que je réagis de la sorte. J'ai connu des mâles alpha, des mecs dominateurs, mais je n'y faisais pas attention. Ce n'est pas le cas avec Grigg, loin de là. Je réagis, et ça me fout une putain de trouille. Il éteint le truc qui bipe. J'ai adoré. Énormément.

— Ton plaisir *m'appartient*. Tu comprends ?

Non. Je ne comprends pas. À quel jeu joue ce mec, et pourquoi est-ce que j'ai envie d'y participer ?

— Non.

Sa grosse main chaude passe de ma hanche à ma cuisse. Il ôte l'appareil sur mon clitoris avec une lenteur délibérée.

— Le test est terminé. Ta chatte m'appartient. Chaque centimètre carré de ta peau m'appartient. Ton plaisir m'appartient. Tu ne jouis pas avec un gode. Tu ne te masturbes pas. Tu jouis pour moi ou Rav, c'est tout. Tu comprends ?

Nom de Dieu. Ce mec est réel ?

Devant mon silence, il se lève, déboutonne son pantalon et libère un sexe énorme. Sous le choc, j'écarquille les yeux en le voyant se branler vigoureusement avec sa main gauche. Son gland laisse échapper une grosse goutte de liquide pré-séminal. Il prend fermement son membre en main, recueille le liquide sur les doigts de sa main droite, et se masturbe lentement pendant que je le regarde. Je ne peux détourner les yeux alors qu'il recueille les épaisses gouttes de substance qui s'échappent de son sexe.

Aussi vite qu'il a commencé, il laisse sa verge pendouiller, s'avance, et pose ses doigts mouillés à la place de l'appareil d'aspiration. Sur mon clitoris qui palpite. Il regarde Rav, dont l'expression est passée d'étonnée à un sourire bien connu, et Grigg prend la parole :

— Les biomoniteurs sont branchés ? Les protocoles sont validés ?

— Oui.

Apparemment, c'est ce que Grigg voulait entendre. Il fait tourner ses doigts, étale son liquide pré-séminal sur mon clitoris, et retire la sonde de mon corps. Au début, je suis choquée, je me demande ce qu'il fait. Pas besoin de lubrifiant, je dégouline d'excitation. Inutile qu'on m'excite encore plus, alors...

Mon clitoris est en feu. Je halète, mes hanches se cambrent tandis qu'une étrange chaleur s'empare de ma circulation sanguine. Mes tétons durcissent douloureusement. Mes lèvres sont gonflées. Mon cœur bat plus vite. Ma chatte palpite si vite que je peux enregistrer ses battements, l'excitation va grandissant. Il effectue des mouvements de rotation en douceur, il me caresse plus vigoureusement, puis plus lentement, il administre une tape sur mon clitoris, suffisamment fort pour que ça fasse mal, me masse avec ses doigts chauds et vigoureux jusqu'à ce que je gémisse.

Rien à voir avec l'aspiration. Ça n'a plus rien de médical. Grigg fait de moi ce qu'il veut, il me donne ce dont j'ai besoin. Sans le savoir, j'approche du paroxysme.

Mais je me retiens. Je me sens sale, je fais erreur. Je ne peux pas me laisser aller. Je ne peux pas. Je ne peux pas. C'est trop, mon amour propre en prend un coup. Je ne peux tout bonnement pas m'abandonner à ces deux étrangers qui m'en demandent trop, à moi et à mon corps.

C'est pire, bien pire que d'être obligée de jouir avec une machine. C'était purement médical. Mais ça... Comment vais-je justifier une telle débauche à mon chef ? Mon corps qui crève de désir pour Grigg m'aidera dans ma mission ? Il ne s'agit plus d'un examen médical. C'est Grigg, mon partenaire, qui m'oblige à subir ses attouchements. Mon corps lui appartient.

Je renonce. Je suis en nage. J'ai le souffle court. Mon rythme cardiaque est trop élevé, je ne tiens plus. C'est trop bon. Je suis dans l'espace depuis moins d'une heure et je trahis déjà mon peuple avec ce besoin irrépressible que j'essaie de combattre. J'aimerais donner à Grigg ce qu'il veut, mais je ne le ferai pas. Non, je ne céderai pas.

Je lève les yeux. Mon partenaire a l'air très concentré. Je me demande s'il compte mes respirations ou surveille mon pouls dans le creux de mon cou. Ses doigts sont toujours plongés dans mon intimité et j'attends, l'esprit vide. Perdue. Mes hanches bougent toutes seules, je voudrais que ça continue. Que ce soit brutal. Sauvage. *Maintenant.*

— Je vais me pencher et sucer ton téton tout dur. Je vais lécher ton petit bouton sensible avec ma langue trois fois, et ta chair m'appartiendra.

Putain de merde. Mon sexe se contracte. Je ne peux pas bouger. Même pas ciller. Un suçon, ce n'est pas si torride que ça, après tout.

Grigg se penche jusqu'à ce que je sente son souffle chaud sur mon téton sensible.

— À trois, tu vas jouir.

Je n'ai pas le temps de réfléchir ou de répondre. Il se baisse et suce ma peau tendre, puis se remet à me caresser le clitoris, vigoureusement, rapidement. Avant que je puisse réagir, je me mets à compter. Il m'a donné la permission, et j'en meurs d'envie. Ça va être tellement bon, j'en meurs *vraiment* d'envie.

Impossible de me rappeler mon dernier orgasme avec un homme, pas avec mon vibromasseur ou en me masturbant. Je veux parler d'un homme qui sait *parfaitement* ce qu'il fait. Si un autre homme m'avait donné la permission de jouir et avait l'arrogance de croire que j'allais obéir, je lui aurais cassé la gueule. Mais avec Grigg, je comptais :

Un.

Deux.

Trois.

L'orgasme déferle, la sensation si intense, si totale, que je ne sais plus si j'ai gémi, pleuré ou hurlé. Peut-être les trois à la fois. Tout ce que je ressens, c'est le plaisir qui submerge mon corps, un feu qui me consume de la tête aux pieds, tandis que ma chatte se contracte par vagues.

Je reprends connaissance. Grigg me caresse le ventre et dépose de doux baisers sous mes seins et mon cou. On dirait un homme en adoration devant l'autel.

Je n'aime pas la sensation procurée par mon sexe vide. Mes pieds s'agitent dans les étriers : j'ai encore envie.

Grigg replace sa verge raidie dans son pantalon. Rav retire doucement l'appareil que j'ai entre les fesses, et les liens se défont d'eux-mêmes. Grigg me prend dans ses bras comme une poupée, m'enveloppe dans le drap et me berce contre sa poitrine, assis sur la table d'examen. Je ne lutte pas, pas cette fois. Je ne peux pas. Je n'ai plus envie de me battre. Je suis vidée. Ramollie. Fracassée.

Il me masse les épaules, les bras, les poignets. Comment peut-il être si gentil après avoir été si exigeant et impérieux l'instant d'avant ?

Je ne peux pas penser à lui ou à ce qu'ils m'ont fait. À comment je me sens ou à ce que j'ai ressenti. Je suis trop bouleversée, trop comblée. Je suis dans les vapes, comme si je me réveillais d'une merveilleuse sieste et que je ne voulais pas tout gâcher. Pas encore. Le retour à la réalité me le rappellera bien assez tôt.

Rav range son équipement dans une sorte de bac, pour le recharger ou le nettoyer, j'imagine, ou en tout cas, pour faire ce que ces extraterrestres ont l'habitude de faire avec leur matériel médical usagé. Il se tourne vers nous avec trois rubans à la main, deux bleu nuit et un noir.

Il les pose sur la table d'examen à côté de nous et noue le ruban bleu autour de son cou. Cet étrange ruban ressemble à un collier qui lui va comme un gant. Il tend l'autre ruban bleu à Grigg, qui secoue la tête. Il refuse de me lâcher pour le prendre.

— Mets-le-moi.

Rav se place derrière Grigg et lui met le ruban autour du cou. Le ruban se rétracte immédiatement pour s'ajuster au cou massif et musclé de mon partenaire primaire.

Il reste le ruban noir. Rav fait le tour de la table, le fait glisser dans sa paume et me le tend.

— C'est quoi ?

Intriguée, je m'en empare. On dirait de la soie. C'est plus

épais qu'un ruban, comme un collier pour chat, d'environ deux centimètres de large.

Rav répond :

— C'est ton collier de mariage. Tu dois le mettre autour de ton cou. On ne peut pas le faire à ta place.

J'examine le simple ruban, perplexe.

— Pourquoi ? À quoi ça sert ?

Rav me donne une pichenette sur la joue. Son geste ne me fait pas vaciller. Après l'intensité de ce que j'ai vécu sur la table d'examen, cette marque de gentillesse est l'apaisement à l'état pur.

— Ça veut dire que tu nous appartiens. Ton collier restera noir pendant trente jours, période durant laquelle tu es à la disposition de tes partenaires. Une fois la cérémonie d'accouplement terminée, ton collier deviendra bleu, assorti aux nôtres. Tu seras notre partenaire. On t'honorera, et tu seras protégée par le clan guerrier Zakar.

Les épaules rejetées en arrière, sa poitrine se soulève de fierté. Il poursuit :

— Nous faisons partie de l'une des plus anciennes et puissantes familles de Prillon Prime.

Bravo. Ouah. Me voici partenaire d'une famille de la noblesse extraterrestre.

— Et si je refuse de le mettre ?

6

manda

Grigg rugit, et ma traîtresse de chatte se contracte douloureusement dans le vide.

— Si tu refuses de porter le collier, un autre mâle sans partenaire aura le droit de te courtiser pendant trente jours.

La décision m'appartient, quelle solution adopter ?

— Et si je refuse ?

Rav soupire.

Tu ne peux pas refuser, Amanda. Tu as été choisie par le Programme des Épouses Interstellaires, tu es une épouse légitime, une partenaire parfaitement compatible avec les guerriers de Prillon Prime. Si tu ne veux pas de nous, un autre guerrier pourra te courtiser pendant un mois. Il est trop tard pour changer d'avis. Chaque mâle que tu refuseras sera purement et simplement remplacé par un autre, et un autre encore. On essaie d'éviter les combats à mort. Les bons guerriers s'entre-tueraient pour avoir la chance de te courtiser.

On nage en plein Moyen Âge. C'est stupide.

— Des combats à mort ? C'est de la folie.

— C'est la loi. Si quelqu'un essaie de t'enlever, Amanda, je me battrai à mort pour toi. Et je sortirai vainqueur.

J'ignore si Grigg a confiance en la force de notre couple ou en ses qualités de combattant.

— Et si j'ai une fille ? On l'accouplera dès sa naissance ? Elle ne pourra aller nulle part sans homme pour veiller sur elle ? C'est ridicule.

La réponse de Grigg jaillit de sa poitrine.

— Bien sûr que non. Nous respectons les femelles. Nous les honorons. Celles nées sur Prillon sont placées sous la protection des guerriers de leur clan, jusqu'à ce qu'elles atteignent l'âge de s'accoupler et de porter le collier de leur partenaire.

— Et s'il ne reste plus aucun guerrier ? Si elle est orpheline ? Ou veuve ?

Il est un peu tard pour se préoccuper de ces détails, mais je refuse d'élever une fille dans un bordel pareil, c'est hors de question, elle ne serait perçue que comme une vulgaire propriété. Mais je n'aurai pas d'enfant, bien évidemment. Je ne suis pas là pour être une partenaire. Pas vraiment. J'accomplis une mission. Je dois m'en souvenir. J'y réfléchis lorsque Grigg prononce une phrase qui me fait sourire :

— La question ne se pose pas. Tout mâle ayant des vues sur notre fille sera éliminé.

Rav hausse les épaules, mais répond quand même à ma question :

— Si tous les guerriers du clan sont tués, les femelles ont le droit de choisir parmi les familles des guerriers restants afin d'assurer leur protection et perpétuer la lignée. Personne ne reste seul, jamais. C'est la raison pour laquelle on attribue deux partenaires à toutes les épouses des Prillon envoyés au front. Si Grigg ou moi étions tués, tu bénéficierais de la protection et de l'amour du partenaire survivant pour veiller sur toi et les enfants.

— Et après ? On m'attribuerait un deuxième partenaire ?

— En général, oui. Si le partenaire survivant est au combat, tu peux en choisir un autre.

Je regarde l'insignifiant ruban noir dans ma main, et je respire profondément. J'ai pris le risque d'accepter cette mission. Aller dans l'espace, hein ? Bien sûr !

Participer à un programme de compatibilité matrimoniale avec un extraterrestre ? Aucun problème !

Gagner la confiance de mon partenaire et rapatrier leur technologie sur Terre ? Pas si facile que ça.

Garder la tête froide ? Le sens du devoir ? Garder mon calme et mon sang-froid ?

Comme le prouve l'orgasme que je viens d'avoir, je suis baisée. Plus que je veux bien l'admettre.

Rav me regarde de près, on dirait qu'il essaie de déchiffrer mes émotions. S'ils utilisent un gadget qui teste mon excitation, ils peuvent très bien en avoir un qui lit dans mes pensées. Si c'est le cas, Rav ne laisse rien paraître.

Il ne peut pas percevoir ma colère, ma frustration, ou mes regrets. Ma culpabilité. Cette dernière émotion me surprend. Je viens à peine de rencontrer ces mecs et je me sens coupable de ma future trahison. Pourquoi ? Parce qu'avec eux je me sens belle ? Je me sens femme ? Parce que cet orgasme était unique au monde - aux mondes - et que je suis accro ? Une idiote incapable de maîtriser son propre corps ? J'ai trop d'expérience en la matière pour jeter l'éponge aussi rapidement.

En même temps, deux superbes mecs me désirent. Ils savent comment me faire jouir rien qu'avec leur pompe à clitoris. Quelle femme serait assez stupide pour refuser ce que ces hommes me donnent ? Des putains d'orgasmes de folie. Je peux me procurer leur matos et en profiter pour baiser. Peut-être que je devais à toutes les femmes de la Terre de tester le plan à trois le plus possible, en profiter à fond.

Rav me montre le collier.

— C'est toi qui choisis, Amanda, mais si tu ne le mets pas, je te garantis que tu ne sortiras pas de l'unité de soins sans qu'un autre homme te courtise.

— On m'a accouplée à vous. Pourquoi est-ce qu'un autre guerrier essayerait de m'avoir ?

Grigg fait rouler ses épaules, comme s'il se préparait au combat.

— Parce que tu es belle, Amanda. Et que tu n'es pas encore notre épouse légitime. Les femmes sont rares, ici. Ils sont nombreux à vouloir tenter leur chance avec toi, quitte à coucher avec toi pour t'en convaincre.

J'essaie de garder mon sang-froid, de me calmer. Je leur pose une autre question :

— Et si je refuse de le mettre ?

Rav, le gentil Rav aux yeux couleur de miel se tourne vers moi, et son regard vire à l'ambre mat.

— Grigg et moi combattrons tout guerrier qui osera s'interposer entre nous et nos appartements privés.

Je pouffe de rire. Le visage de Rav est dénué de toute trace d'humour. Je me retourne vers Grigg, qui arbore la même expression grave. Ils ne *plaisantent pas.*

— Un combat à mort ?

— J'ignore comment ça se passe sur Terre, mais ici, le processus d'accouplement, c'est du sérieux. Crucial. Primitif. Nous avons un avantage, puisque tu nous as été attribuée. Nous savons que tu nous conviens parfaitement, précise Rav.

— Nous tuerons tout guerrier qui essaiera de t'enlever, ajoute Grigg. Tu nous appartiens.

Dans quoi me suis-je fourrée, exactement ? Mieux vaut mettre ce collier si je veux sortir d'ici. Sinon je vais péter un plomb. Je n'ai jamais vu d'hommes se battre pour moi, mais il ne doit pas s'agir d'une simple bagarre. L'expression « combat à mort » parle d'elle-même ; je n'ai pas envie qu'ils en viennent aux mains. Je vais mettre le collier, tout le monde restera en vie et je me mettrai enfin au boulot. Tout en m'envoyant en l'air.

Je sais l'importance que ça revêt aux yeux de Rav et Grigg. Ce

Domptée par Ses Partenaires

n'est pas un simple collier. C'est symbolique, je leur… appartiens. C'est important à leurs yeux, le porter pour de mauvaises raisons en ternit le sens. Toujours cette foutue culpabilité.

Je tremble, je porte le collier à mon cou et le met, comme eux avant moi. Le sort en est jeté, on dirait que le ruban chauffe, devient moite, qu'il fusionne avec ma peau…

Quelques secondes plus tard, je halète, et mon esprit et mon corps éprouvent des sentiments nouveaux. Luxure. Faim. L'instinct primaire de la chasse. Protéger. Posséder.

Des émotions et des besoins envahissent mon esprit, je n'arrive pas à suivre.

— Qu'est-ce qui se passe ?

J'ai envie de vomir. La pièce se met à tourner. Je vais me noyer. Je mets ma main sur ma bouche.

— Respire, Amanda. Je te tiens.

La voix de Grigg est un repère, je m'y accroche désespérément pour lutter contre ce tourbillon d'émotions qui déferle.

Rav prend la parole :

— Bloque tes émotions, Grigg. Tu nous entraînes.

— Impossible. Pas tant que je ne l'aurai pas possédée.

Rav pousse un juron tandis que Grigg se lève et me fait sortir de la petite salle d'examen privée, dans le tourbillon de la salle fourmillant d'activité. Au moins dix patients et des membres de l'équipe nous regardent d'un air curieux tout en suivant notre progression. Grigg m'aide à traverser la pièce. Deux d'entre eux portent le même uniforme vert que Rav, un mâle de la même race, immense et doré, et une femelle plus petite portant de drôles de menottes dorées au poignet et une longue natte rouge cerise qui lui tombe dans le creux des reins. Les patients sont pour la plupart d'énormes guerriers à divers stades de déshabillage, leur armure noire en morceaux autour d'eux, leurs torses nus et massifs se soulevant de douleur.

Je suis une femme à sang chaud, encore à moitié excitée par

cet incroyable orgasme. Je les mate. Je n'y peux rien. J'ai été accouplée, je ne suis pas morte.

— Ferme les yeux, partenaire. Tout de suite, ou nous serons contraints de te rappeler à qui appartient ta petite chatte moite.

L'ordre de Grigg me fait rire. Je n'avais pas songé, en regardant ce géant séduisant, qu'il ressentirait mes impressions grâce au collier. J'obéis, je ne veux pas créer de problème pour avoir osé regarder un peu trop longuement l'homme le plus costaud que j'aie jamais vu.

— C'est quoi cet extraterrestre ?

Grigg pousse un rugissement sans ralentir pour autant, et Rav répond à sa place avec nonchalance :

— C'est un seigneur de guerre Atlan. C'est l'une des rares races dont les guerriers sont plus robustes que les Prillon.

Grigg referme son étreinte et pousse un grognement.

— Les Atlan sont de féroces guerriers chargés des colonnes d'infanterie de la Coalition. Ils combattent la Ruche au sol, en combat rapproché. Il s'appelle seigneur de guerre Maxus. Il a combattu avec nous durant sept ans, mais il nous quitte bientôt. Il a la fièvre.

— La fièvre ?

— La fièvre de l'accouplement. Si les guerriers Atlan ne trouvent pas de partenaire capable de les calmer, ils deviennent des bêtes, des berserkers géants trois fois plus gros que celui que tu viens de voir.

— Leurs partenaires les calment ?

— Oui, si on veut. Leurs partenaires sont les seules capables d'apaiser leur rage bestiale. Sans partenaire, ils perdent leur sang-froid et sont éliminés.

Comment ça ? Éliminés ? Comme des chiens ?

— Éliminés, tu veux dire tués ? T'es pas sérieux. C'est cruel.

— Non, c'est une nécessité. Tu n'es plus sur Terre. Tu n'es même plus dans la même galaxie. Ici, on doit se battre pour survivre, on se bat pour défendre les mondes de la Coalition, ta Terre comprise, d'une menace pire que la mort. On n'a pas le temps de s'amuser. Un Atlan devenu berserker a tué six de mes guerriers lorsque j'étais jeune commandant, et j'ai dû l'abattre. C'était un ami, un homme avec lequel j'avais combattu et en qui j'avais confiance. Mon hésitation a coûté la vie à des hommes, Amanda. Les Atlan ont un code d'honneur différent, un code strict pour assurer la sécurité de ce qu'ils protègent. Alors qu'il se vidait de son sang, il m'a remercié.

J'essaie d'imaginer toute la conviction dont il a dû faire preuve, l'immensité de son chagrin. Devoir exécuter un ami... Mon cœur se serre pour ce guerrier qui me soutient. Ces guerriers extraterrestres qui nous protègent cachent une humanité méconnue et incomprise. Voilà la raison de ma présence ici : apprendre, comprendre, et faire parvenir les informations sur Terre.

Une porte s'ouvre et se referme, puis une autre. Les gémissements s'estompent bientôt, et Grigg me pose par terre. Pour une raison inexpliquée, j'ai toujours les yeux fermés, comme il me l'a demandé. Son récit m'attriste, j'ai de la peine pour lui. Il doit aller de l'avant, comme moi.

Je ne veux pas trop m'attacher à lui. Ni éprouver de compassion. Je n'ai pas été particulièrement forte et détachée, aujourd'hui. Peut-être à cause du collier, peut-être que *j'aime* ces hommes.

Peut-être parce que leur sens de l'honneur et du devoir ne diffère pas tellement de celui de nos vétérans.

Non, ce ne sont pas des *hommes*. Ce sont des extraterrestres. Des Prillon. Et ça ne leur donne pas tous les droits. Les soldats obéissent aux ordres. Pour le meilleur ou pour le pire, ainsi va la vie. Et ces guerriers, mes partenaires, sont avant tout des soldats. Je dois découvrir les réelles motivations qui se cachent derrière ceux qui donnent les ordres.

Je touche le sol, et Grigg fait en sorte que le drap me recouvre entièrement. Il m'enlace étroitement, ma joue repose contre sa poitrine, le battement sourd de son cœur est étrangement humain et rassurant, même sous son uniforme rigide. Après un moment, ses mains parcourent mon dos jusqu'à la naissance de mes fesses et remontent jusqu'aux épaules. Le contact de ma peau l'apaise.

— Rav ?

La voix de Grigg est douce, comme une excuse, un regret que je ressens grâce au tourbillon émotionnel du collier.

— Oui.

Le médecin est derrière moi en un clin d'œil. Je sens sa chaleur.

— J'arrive pas à me maîtriser.

— Je sais.

— Occupe-t'en, dit Grigg en se tournant légèrement pour me déposer dans les bras de Rav. Tu peux ouvrir les yeux, Amanda.

J'obéis. Il s'assoit dans un grand fauteuil, à côté d'un lit immense. Son regard est brûlant. Un tsunami d'émotions déferle en lui, il bouillonne. Je ressens leur intensité grâce au collier.

— Qu'est-ce que tu fais ? Je ne comprends pas.

Je sais qu'il bande et qu'il meurt d'envie de me pénétrer. Je sais qu'il a tellement envie de me toucher qu'il craint de me faire mal. Il a peur, peur de perdre son sang-froid, peur d'être trop brutal et que ça m'effraie. Il se déshabille, et sa large poitrine et son dos musclé me donnent l'eau à la bouche.

Rav m'enlace, j'ignore dans quel but. Il veut m'empêcher de m'échapper ou de me toucher. Il me tient fermement contre sa poitrine. Grigg enlève son pantalon qu'il envoie valser, son énorme verge tendue vers moi. Son membre est épais et gonflé, son gland hyper large. Une veine saille le long de son sexe. Une goutte de liquide pré-séminal s'échappe de son gland et tombe. Je me lèche les lèvres, incapable de penser à autre chose qu'au goût de cette petite perle dans ma gorge et dans mon ventre, ou à sa sensation s'il la frottait contre mes seins. Ce serait comme de la lave. Ce liquide m'avait brûlé le clitoris, et je sais qu'il en serait de même dans tout mon corps. Rav lève ses mains pour prendre mes seins nus en coupe, et Grigg, qui ne perd rien de la scène, frissonne.

Domptée par Ses Partenaires

— Oui, Rav. On va la posséder. La baiser. Tu feras tout ce que je te dirai, rugit Grigg.

Malgré le lien étrange qui nous lie via nos colliers, je sens que Rav se rembrunit face à la demande péremptoire de Grigg. Les colliers sont puissants et captivants. Je sens les choses, je *sais* des choses que je devrais ignorer, étant donné que je viens à peine d'arriver. D'une façon ou d'une autre, je sais que Rav obéit aux ordres de son commandant et qu'il obtempérera, même s'il lui demande de me baiser. L'ordre est simple, il a trop envie de me toucher pour refuser. Je sens sa queue dure et épaisse dans mon dos. Il est tout à fait prêt à faire tout ce que Grigg lui demandera. Nous sommes tous les deux à la merci de Grigg - moi, je suis à leur merci à tous les deux -, livrés à tous ses caprices. Pour une étrange raison, ça me donne tellement envie de baiser que j'en tremble.

Grigg recule dans le fauteuil, les genoux écartés, sa bite au garde à vous, les bras sur les accoudoirs du fauteuil tel un roi sur son trône. Le roi prend la parole :

— Prends-la et mets-la au bord du lit. Allonge-la afin que sa tête dépasse du lit. Je veux qu'elle me voie.

Je ne lutte pas tandis que Rav me prend et m'installe sur le matelas gigantesque. Le lit est doux, d'un bleu plus clair que celui des colliers de mes partenaires. Rav m'installe sur le dos, comme on le lui a demandé, la tête au bord du lit afin que je voie la verge de Grigg, son énorme torse musclé et son visage doré. Dans la pénombre, il me dévore de ses yeux presque noirs, il s'attarde sur mes seins dressés. Nos regards se croisent, l'intensité de mon désir envers ces hommes me fait frissonner.

Nom de Dieu, j'adore ce collier. Je sais, je *sais* que ces hommes me désirent. Ce n'est pas un jeu. C'est… animal.

Grigg a un sourire purement arrogant de mâle, et j'examine son visage, cet homme que je viens de rencontrer, à qui je vais bientôt me donner.

— Tu aimes que je vous regarde, Amanda ?

Hein ? Jamais ! Je ne le lui avouerai jamais.

— Non.
— Ta chatte ne mouille pas plus encore ?
— Non.

Qu'attend-il de moi ? Je suis toute nue, sur le dos, à leur merci. Il veut que je lui dise que j'ai envie de lui. Que j'ai envie qu'il me regarde comme un pervers ? Non. Pas du tout. Je sais que Rav est agenouillé derrière moi, qu'il attend. Le désir nous coupe la respiration.

Grigg plisse les yeux.
— Tu veux qu'on arrête ?

Merde. Non. Non, je ne veux pas. J'en ai envie, peu importe comment. Je n'ai jamais eu deux partenaires, je n'ai jamais imaginé être totalement soumise. J'en ai tellement envie que ça me perturbe.

— Je sais que tu mens grâce au collier, Amanda. Ton esprit peut tenter de refuser, mais ton corps ne peut mentir, que ce soit à moi ou à Rav. Tu as déjà menti une fois. Ne recommence pas. Je répète : tu veux qu'on arrête ?

Je ressens leur pouvoir, leur envie, leur force, leur excitation grâce au collier, ce qui veut dire qu'ils ressentent également la mienne. Je ne peux pas le leur cacher. Mon corps est nu, et le collier, lui, c'est mon âme qu'il met à nu. Je me lèche les lèvres et prononce enfin les mots que je ne peux plus garder pour moi.

— Non. N'arrêtez pas.

Satisfait, Grigg soutient mon regard et lance un ordre à Rav :
— Écarte-lui les cuisses et dis-moi si elle mouille.

7

manda

Rav écarte vigoureusement mes genoux repliés, me force à écarter les cuisses en grand. Je suis souple, grâce à des exercices physiques rigoureux qui ne m'ont certes pas fait perdre mes kilos en trop, mais j'ai conservé une certaine souplesse et je suis prête à...

— Oh, mon Dieu.

La langue de Rav s'enfonce profondément dans ma chatte mouillée, et je me cambre sur le lit. Bon sang, avoir une langue aussi épaisse — aussi longue - devrait être interdit. Je soulève la tête et tourne les yeux vers lui.

— Regarde-moi, dit Grigg.

Ma chatte se contracte autour de la langue de Rav suite à l'ordre de Grigg. Mes deux partenaires gémissent, mon excitation se transmet via les colliers. Rav me donne des coups de langue dedans et dehors, il stimule mon clitoris, me pénètre profondément. Il me dévore d'une façon plus brutale et plus experte que n'importe quel homme avant lui.

Il s'arrête, et Grigg arque un sourcil.

— Elle mouille tellement que ses fluides persistent en bouche, comme le vin.

— Goûte-la encore, Rav. Lèche-la et goûte-la jusqu'à ce que ses cuisses tremblent et que sa chatte enserre ta langue.

Rav s'occupe de ma chatte et je frémis, je me mords les lèvres pour réprimer mes cris de plaisir. Je rejette la tête en arrière, je regarde Grigg qui me voit me tortiller, et son admiration m'excite au plus haut point. Je ne dois pas aimer ce regard avide. Je ne dois pas mouiller comme pas deux à l'idée qu'il me regarde en train de me faire caresser par la langue de Rav, et pourtant si. S'il continue comme ça, je vais lui demander de me baiser. Le supplier de me toucher. Je suis vraiment une petite perverse très, très coquine.

— Suce-lui le clitoris, Rav. Excite-la, mais ne la fais pas jouir.

Je secoue la tête pour protester. J'ai *trop* envie de jouir, mais je n'arrive pas à détourner le regard de Grigg, qui ne cesse de me fixer. Il remarque tout, le moindre détail. On dirait qu'il lit dans mes pensées. Il remarque que la langue de Rav a touché mon point g. Je sursaute. Il me regarde et fronce méchamment les sourcils lorsque je ferme les yeux trop longtemps. Chaque contraction de mon vagin vide me tire des gémissements de douleur, mon excitation est à son comble, mes petites lèvres me font mal tant elles sont gonflées. Les draps doux glissent sur mon dos de façon érotique, doux comme de la soie sur ma peau, et c'est la seule chose que je ressens, hormis la bouche de Rav sur mon clitoris.

Je suis vide. Nue. Hormis la langue experte de Rav, personne ne me touche.

J'ai envie qu'on me touche. J'ai besoin de ne faire qu'un avec l'autre. J'ai l'impression de flotter. Ce n'est pas vrai. Je suis perdue. J'exulte.

— Pénètre-la avec tes doigts, Rav. Fais-la jouir. Vas-y.

L'homme placé entre mes jambes pousse un grognement,

avant d'introduire trois doigts qui m'écartèlent, tout en me caressant le clitoris avec sa grosse langue.

On me maintient par les épaules. C'est Grigg. Je ne l'ai pas entendu bouger. Ses mains exercent une pression et m'empêchent de bouger. Impossible de m'échapper. Je suis piégée. Coincée avec eux et si excitée que mon cerveau va exploser. J'ai l'impression d'être un animal, un cheval sauvage bridé.

— Regarde-moi, Amanda. Regarde-moi quand tu jouis.

Je ne me suis pas rendu compte que j'avais les yeux fermés. Je les ouvre et mon regard croise immédiatement celui de Grigg, mon partenaire.

Il se penche, regarde ma poitrine se soulever, mes cuisses trembler. Je cambre les reins, je soulève les hanches pour essayer d'échapper à cette bouche et à ces doigts qui m'attirent dans des contrées inconnues. C'est trop, trop intense. Je n'en peux plus. Je vais exploser.

— C'est… J'en peux plus… Oh mon Dieu...

Rav rugit avec une intensité animale véhiculée par le collier, il réagit à mes mouvements et mes contorsions. Grigg resserre son étreinte. Impossible d'y échapper. Mon corps est piégé.

— Jouis, Amanda. Maintenant.

Mon esprit - mon corps leur appartient - ne répond plus, sous l'autorité et le contrôle irrésistibles de Grigg. Son ordre réveille quelque chose d'enfoui en moi, une excitation qui me fait perdre mon sang-froid. Mon corps lui répond instinctivement et je hurle ma jouissance.

Grigg soutient mon regard. Je suis éreintée, j'obéis à ses désirs, et ça me rend folle. L'orgasme se calme, ralentit, se termine, mais je ne ressens pas d'apaisement. Je ne suis pas rassasiée.

Je pars en vrille. Je gémis. Je supplie. Je veux qu'ils me baisent, qu'ils me pénètrent, leur appartenir. J'ai encore envie. Mon corps en demande plus, un autre orgasme approche, rien qu'au contact des doigts doux de Rav qui font des va-et-vient dans mon vagin. Il pousse un grognement de satisfaction tandis qu'il lèche doucement mon clitoris. Il me déguste comme un grand cru.

J'ai pas envie de douceur ou de tendresse. Je veux que ce soit bestial, rapide. Je veux qu'ils me baisent. Qu'ils me pénètrent. Qu'ils me possèdent.

— Maintenant, dis-je d'une voix suppliante.

Grigg s'empare de sa verge, il l'enserre fermement, il se branle. Son corps massif est ramassé comme celui d'un prédateur s'apprêtant à bondir. Au lieu de m'affoler, ça m'excite. J'ai envie de lui. Maintenant. Qu'il me baise séance tenante.

— Prends-la, Rav. Fourre ta bite bien dure dans sa chatte.

Rav est choqué, comme s'il avait reçu une décharge électrique.

— Pardon ?

— T'as très bien entendu.

Je soutiens le regard de Grigg, et je ressens le trouble grandissant de Rav via le collier.

— Je suis son deuxième partenaire, Grigg. C'est à toi de la baiser. Son premier enfant t'appartient de droit, proteste Rav.

Grigg se redresse et me toise. Pour la première fois, il détourne les yeux pour regarder son second.

— Baise-la, Rav. Tu m'appartiens, tout comme elle m'appartient. Ta bite m'appartient. Ton sperme m'appartient. Si elle porte notre enfant, l'enfant appartiendra au clan des guerriers Zakar. Baise-la. Pénètre-la. Maintenant.

Rav retrouve son sang-froid, sa débauche, son désir, sa chaleur. Une étrange solitude me fait haleter, et l'intensité de son désir atteint le tréfonds de mon âme, là où personne n'est jamais allé. Mes mains le touchent, c'est plus fort que moi.

— Rav.

Il vient sur moi, et je m'enfonce plus profondément dans le matelas. Sa verge se fraye un passage tandis que sa bouche cherche mes lèvres.

— Baise-la. Baise-la comme une bête.

Grigg fait les cent pas près du lit, il observe. Il attend, tel un prédateur prêt à bondir à son tour sur sa proie. Il ronronne de plaisir, et ça me procure presque autant de satisfaction que son torse musclé pressé contre moi, ses lèvres contre les miennes.

Rav ondule des hanches, il appuie son sexe contre moi, se fraye un passage dans mon vagin. Il est si énorme que mes lèvres s'écartent, grandes ouvertes pour mieux l'accueillir. Je recule ma bouche, je rejette la tête en arrière tout en luttant contre la sensation de sa lente pénétration. Il m'écartèle. J'hésite entre le plaisir et douleur. Je m'agite, j'ondule des hanches pour l'accueillir de tout son long.

— Prends-le, Amanda. Soulève tes hanches. Baise-le. Prends sa bite dans ta chatte humide. Enroule tes jambes autour de lui. Ouvre-toi. Tu dois nous accueillir. Tu nous appartiens. Prends-le. Baise-le. Possède-le. Fais en sorte qu'il t'appartienne, partenaire. Laisse-le entrer.

C'est la pagaille. Je n'arrive plus à faire le tri dans ce tsunami émotionnel. Le mien. Celui de Rav. Celui de Grigg. Tout n'est qu'un mélange bordélique d'envie, de désir, de débauche, de solitude, de besoin.

Le besoin est le pire. Le leur ? Le mien ? Je n'en ai pas la moindre idée, et je m'en fiche alors que j'enroule mes jambes autour des hanches de Rav et fais onduler mon basin, de manière à ce qu'il ait l'angle nécessaire pour me pénétrer en un seul et profond coup de reins. J'accueille la pénétration avec plaisir. La douleur cède la place à un plaisir indicible. Je n'ai jamais ressenti ça de ma vie. *Jamais.*

— Baise-la, Rav.

Les mains de Rav s'enchevêtrent dans les miennes, paume contre paume, nos doigts s'entrecroisent tandis qu'il me plaque sur le lit. Il m'embrasse, sa langue glisse profondément dans ma bouche, il lève les hanches et me pénètre à la perfection, inlassablement, crescendo. Je gémis au fur et à mesure que mon orgasme approche.

Je vais encore succomber. Une fois de plus.

— Stop.

Je hurle en signe de protestation en entendant l'ordre de Grigg, mais Rav s'arrête, sa queue toujours profondément enfoncée jusqu'à la garde dans ma chatte. Putain, continue !

— Non, protesté-je d'une petite voix essoufflée, et Grigg a le culot de rire.

— Ne t'inquiète pas, partenaire. On va s'occuper de toi.

En entendant sa promesse pleine de sous-entendus, mon vagin se contracte et Rav rugit. La sueur dégouline de son front sur ma poitrine. Il allait jouir, lui aussi. Attendre est quasiment impossible.

— Qu'est-ce que tu veux, Grigg ?

— Mets-toi sur le dos, sans cesser de la pénétrer.

En un instant, Rav se retrouve allongé sous mon corps. Sa verge me remplit encore plus dans cette nouvelle position, moi assise sur ses hanches, et je halète. Je pose mes mains sur sa poitrine pour garder l'équilibre, et sa chaleur torride me brûle presque les mains. Incapable de résister, je frotte mon clitoris contre son ventre musclé, je rejette la tête en arrière et ferme les yeux. Je m'abandonne. Presque. J'y étais presque, bon sang.

Pan !

Grigg me donne une claque sur les fesses. La douleur est si vive que je sursaute. Ça brûle ! Je m'empale plus profondément sur Rav, mon halètement transformé en gémissement.

— Qu'est-ce que tu fais ? gronde-t-il.

Je tourne la tête. Grigg est à côté de moi, les bras croisés.

— Je...

— Tiens-la, Rav. Laisse ta bite en elle, qu'elle ne puisse pas bouger.

— Quoi ? crié-je. Tu es... toujours aussi autoritaire ?

Rav me passe les bras sur les épaules et m'attire contre sa poitrine. Je le regarde avec un sourire en coin.

— Par autoritaire, tu veux dire qu'il donne des ordres ? Oui, sans arrêt.

Ses bras énormes, forts comme de l'acier soutiennent mon

Domptée par Ses Partenaires

dos, sa queue me pénètre et j'ai le cul en l'air, totalement vulnérable. Je ne suis pas sûre d'apprécier. Rav me rassure. Grigg est d'un naturel dominateur, mais je sais que Rav est assez fort et dans son bon droit pour me protéger, même de Grigg, si nécessaire.

— Qu'est… qu'est-ce que tu fais ? demandé-je à Grigg, les mots s'échappant de ma bouche à chaque respiration saccadée. Pourquoi… pourquoi est-ce que je dois m'arrêter ?

Grigg arque un sourcil.

— Tu m'as menti, partenaire. Ça te plaît que je regarde. Tu aimes ce qu'on est en train de te faire. Je croyais t'avoir dit que tu serais punie si tu mentais à tes partenaires.

Je suis dans un tel brouillard niveau débauche que je dois réfléchir une bonne minute pour me remémorer la conversation que nous avons eue dans l'unité de soins. Mentir à mes partenaires est interdit, ça me vaudra une…

— Tu plaisantes.

En guise de réponse, Grigg me donne une tape sur les fesses.

— Grigg ! Crié-je.

La douleur est cuisante.

Une autre tape.

Et une autre.

Pan.

Pan.

Pan.

— Grigg !

Mon cul endolori me brûle, mais il continue de me frapper. Plus j'essaie de bouger, plus je m'empale sur la verge de Rav. La chaleur des fessées et la douleur causée par le membre de Rav enfoncé en moi font monter un autre orgasme, avec une rapidité telle, que je ne sais plus où j'en suis.

J'agrippe les épaules de Rav et mes doigts s'enfoncent dans sa peau.

L'orgasme est tout proche. Je gémis. Grigg m'attrape par les cheveux et me relève la tête pour que je le regarde.

— Non. Tu n'as pas encore le droit de jouir, partenaire. Pas encore.

— Quoi ? Je ne...

Je m'effondre, et le désir m'arrache un sanglot.

— Je t'en prie.

Il m'effleure le dos, s'éloigne pour prendre quelque chose sur une étagère dans la chambre, et revient. Les secondes durent des heures. La poitrine de Rav se soulève sous la mienne, c'est dur pour lui aussi de se retenir.

Je regarde Rav. J'aimerais qu'il me dise où Grigg veut en venir.

— Chut, murmure-t-il. Il sait ce qui est bon pour toi.

Je n'en doute pas, et lorsque Grigg s'agenouille sur le lit derrière moi et pose doucement ses mains sur mes fesses, je pousse un soupir de soulagement. Rav a peut-être raison. Grigg connaît peut-être mes envies, mais il met un temps fou !

Quelques secondes plus tard, je me tortille tandis qu'il enduit mon anus de la même huile chaude que celle dont il s'est servi à l'infirmerie.

— Attends !

Pan !

— Ne bouge pas, partenaire. Je vais introduire un petit appareil là-dedans, de façon à ce que lorsque Rav et moi te prendrons en même temps, tu ne ressentes que du plaisir.

Mon Dieu, comme dans le rêve. Deux hommes. Qui me pénètrent. Qui me...

— Ahh...

Je m'agite tandis que Grigg insère doucement l'objet en moi. Comme promis, ce n'est pas très gros, mais entre ça et le sexe énorme de Rav, je n'ai plus de place. Trop. C'est trop.

— Je peux pas... c'est...

— Rav.

En entendant Grigg, Rav ondule des hanches sous moi, il frotte son corps musclé contre mon clitoris. Oh oui, c'est trop bon.

— Enserre sa bite, Amanda. Serre-la jusqu'à ce qu'il éjacule.

Ça dépasse l'entendement. Plus question de supplier. Plus question de penser au côté dominateur et impliqué de Grigg. Je suis à leur merci. Si je veux jouir, ce sera au bon vouloir de Grigg. J'en ai envie, c'est peut-être à cause du collier, mais je sais que Grigg ne me donne que ce je suis en mesure de supporter, ce que je *veux* tout au fond de moi. Ce dont je n'ai même pas conscience.

Je suis allongée sur mon deuxième partenaire tandis que le premier insère le gode et joue avec, et j'obéis. Je contracte mes muscles autour du membre durci de Rav, puis je les relâche, encore et encore, jusqu'à ce que les battements de son cœur résonnent à mes oreilles et que son corps se contracte sous le mien. Rav a le souffle court.

— Jouis, Rav, ordonne Grigg. Maintenant. Inonde-la de ton sperme.

Grigg me malaxe les fesses, il m'écarte les lèvres en grand tandis que Rav éjacule en poussant un cri, sa queue tressaillant et répandant son sperme en moi.

Je m'attendais à cette exquise chaleur. Une réaction chimique étrange fait que leur sperme est absorbé par mon corps. Je le savais, je m'en suis aperçue dans la salle d'examen, lorsque Grigg a touché ma chatte avec ses doigts enduits de liquide séminal, mais je n'arrive pas à maîtriser ma réaction.

J'explose. Rien ni personne ne peut arrêter l'extase volcanique qui m'ébranle. Je crains que mon cœur lâche, qu'il ne survive pas à une telle intensité. Je crie, je ferme les yeux et bande chaque muscle de mon corps. Je m'écroule, j'ai tout donné.

On m'arrache alors à l'étreinte de Rav, on me soulève de sa queue, on me met au bord du lit, avec les hanches qui dépassent. Alors que je suis toujours à plat ventre, Grigg m'écarte les genoux et se place derrière moi. D'un seul mouvement - le sperme de Rav a ouvert la voie - il me pénètre de son énorme queue. Mon orgasme n'est pas terminé, et mon corps se contracte autour de son membre épais pour le stimuler.

Il me saisit vigoureusement les hanches dans un geste brutal et empressé. Il m'attire contre lui à chaque coup de boutoir. Je suis ses mouvements, je me cambre pour l'accueillir plus profondément.

— Oui ! crié-je.

J'en veux encore, tout ce qu'il voudra.

— Touche son clitoris, Rav. Fais-la jouir encore.

Grigg est essoufflé, mais ses ordres sont clairs et nets. Rav change immédiatement de position dans le lit. Il s'allonge sur le dos, son visage à deux centimètres du mien, et glisse son bras entre mon corps et le matelas pour atteindre mon clitoris et l'exciter tandis que Grigg me baise par-derrière. Ce qu'il a inséré entre mes fesses s'enfonce plus profondément à chaque poussée, son bassin cogne contre l'extrémité de l'objet.

Rav a l'air sonné, sous le choc ; je connais cette sensation. Je n'ai pas l'intention de le toucher, et pourtant, j'attire sa bouche contre la mienne, je l'embrasse avec tout le désir possible. Alors que Grigg me besogne brutalement par-derrière, mon baiser est tendre et sensuel, je le goûte, me l'approprie.

À ma grande surprise, mon corps réagit encore une fois au quart de tour. Le sperme de Rav m'a embrasée. La sensation d'être pénétrée par mes deux orifices, les quatre mains sur mon corps, les deux bouches sur ma peau... Ce mélange détonnant me pousse au paroxysme du plaisir.

Je ne me suis jamais sentie comme cela auparavant. Sauvage, affamée, désinhibée. Mon orgasme ne ressemble à aucun autre. Je n'ai *jamais* rien ressenti de tel. Grâce au collier, je perçois leur propre envie de jouir, ce qui ne fait qu'accroître la mienne. C'est une spirale infernale, l'une entraînant l'autre.

Grigg grogne tandis que ma chatte l'enserre comme un poing, et son sperme coule en moi comme si l'on versait de l'huile sur le feu. Mon orgasme va crescendo, jusqu'à ce que je m'écroule sur le lit. La verge de Grigg est toujours en moi, son corps musclé se relâche, j'aime sentir son poids sur moi.

Nous restons allongés de longues minutes, nous reprenons tous les trois notre souffle, notre calme. Rav effleure mes longs cheveux. Grigg me caresse les flancs, le dessous de la poitrine et les cuisses, ses lèvres parcourent mes vertèbres jusqu'à mon cou.

Je ferme les yeux et m'abandonne à eux. Nous faisons tous les trois semblant de ne pas voir les larmes qui perlent derrière mes paupières closes. Je suis vidée. Vannée. Je leur ai tout donné. *Tout.* Je suis partagée. Ils ont vu mon côté sombre, ils me connaissent comme personne. J'étais offerte. Vulnérable et à leur merci.

C'est à ce moment que je réalise que je me suis bien fait baiser. Tomber amoureuse de mes partenaires serait trop facile, accepter cette vie de conte de fées qu'ils me vantent. Plus je reste allongée entre eux, désirée, précieuse, plus je réalise que les trahir me briserait le cœur

Je ne suis plus en mesure d'accomplir mon devoir envers les miens. Je dois trouver exactement ce que la menace de la Ruche représente, me procurer le plus d'informations possible et retourner sur Terre. Laisser la race humaine dans l'ignorance et à la merci de la Coalition Interstellaire n'est pas envisageable, et qu'importe si m'envoyer en l'air avec mes partenaires est époustouflant.

J'étais la personne tout indiquée pour cette mission.

8

rigg

Je ne dors pas. Je les regarde dormir pendant toute la nuit, enlacés ensemble, enlacés avec moi.

Amanda, ma belle partenaire, dort nue la tête sur mon épaule, ses jambes entrecroisées avec les miennes, son bras sur ma poitrine. Même dans son sommeil, elle se tourne vers moi. J'ai le cœur léger, j'espère qu'elle deviendra ma partenaire pour la vie, qu'elle apprendra à m'aimer.

Elle tourne le dos à Rav, qui l'enlace comme pour la protéger, je lui en suis reconnaissant. Il a le bras long, et sa main est posée sur mon torse, ses doigts autour du poignet d'Amanda, même dans son sommeil. Le fait qu'il la touche n'est pas inquiétant. Il m'appartient aussi, et je n'aurais pas pu choisir de meilleur second pour ma partenaire. Ce guerrier est la fierté de notre clan, extrêmement intelligent et acharné lorsque c'est nécessaire. Il sera un excellent partenaire pour notre Amanda, et en tant que haut responsable médical, le risque que notre partenaire reste sans protection suite au décès de deux guerriers au combat est relativement faible. Si je devais mourir lors d'un prochain raid, il prendrait soin d'elle, l'aimerait, la baiserait...

L'idée me sape le moral et m'excite à la fois, ça me fait mal, mon âme saigne. Le sentiment de l'inévitable enfle en moi tel l'orage, ce pressentiment que j'ai depuis mon plus jeune âge. Mon père a raison. Je ne suis pas fait pour commander. Je suis faible. Sentimental. Mon âme ressent des émotions et des besoins qu'un vrai guerrier ne devrait pas ressentir. Je ne m'étais pas aperçu de leur existence jusqu'à aujourd'hui. Jusqu'à Amanda.

Incapable de panser mes plaies, je me dépêtre des bras et des jambes de mes partenaires et descends du lit en silence.

C'est la faute du Capitaine Trist. Si je n'ai pas demandé de partenaire, c'est pour une bonne raison. Je ne pensais pas vivre assez longtemps pour réclamer une femme et la faire mienne. Rav a toujours su qu'il serait mon second, mais je lui ai clairement dit à plusieurs reprises que s'il voulait une partenaire pour lui seul, en tant que Premier partenaire, il le pouvait. Il a le rang et le statut nécessaires pour prendre une femme. De nombreux guerriers seraient honorés de lui servir de second.

Il a refusé. Nous avons fait le serment, lorsque nous n'étions encore que des jeunes garçons, que nous ne nous quitterions jamais, et nous avons tenu parole.

Bien souvent, il aurait été plus simple pour Rav de me laisser tomber, moi et mes manières bornées. Je ne veux que son bonheur, mais je lui suis reconnaissant pour sa loyauté légendaire. Je dois avouer que je me repose sur son esprit alerte et son calme plus que je ne veux bien l'admettre.

Et j'ai attendu, focalisé que j'étais sur l'éventualité de mourir, au lieu de vivre et de fonder une famille. Je ne veux pas qu'il me regrette. Je ne veux pas qu'une partenaire me regrette. Je ne veux pas...

Amanda. Elle pousse un léger soupir et se retourne dans le lit. Elle me cherche dans son sommeil. Ses bras n'attrapent que du vide, et elle se tourne vers Rav. Elle se blottit contre sa poitrine, serrée dans les bras protecteurs de mon cousin. Elle se pelotonne davantage contre lui et poursuit ses rêves.

Elle est imprévisible, tout comme ma réaction envers elle. Elle est absolument parfaite. Je ne peux m'empêcher d'admirer ses cheveux bruns, ses hanches rondes et ses cuisses. Son ventre et ses seins moelleux et enivrants. Ses lèvres, roses et qu'on ne se lasse pas d'embrasser, et sa chatte. Je me suis presque perdu dans ses yeux sombres tandis que Rav la faisait jouir, alors que le plaisir déferlait en elle. Ils m'appartiennent, ils obéissent à mes ordres. Plus j'en demandais, plus elle se lâchait, si soumise. Je l'ai senti en elle, je savais ce qu'elle voulait grâce au collier. Non, elle en avait *besoin*, tout comme j'ai besoin de dominer. Putain, elle est vraiment parfaite !

Le plus surprenant est le besoin impérieux que j'ai de contrôler Rav, de le diriger, de le posséder, tout comme je possède ma partenaire. J'ai pas envie de le baiser, mais j'ai besoin qu'il m'appartienne, de le contrôler, de le protéger et de prendre soin de lui. Ce besoin peut se faire sentir à tout moment dès que notre partenaire est entre nous.

Il est à moi. Je ne comprends pas la férocité de ce besoin primitif, devoir m'assurer qu'il ait bien assimilé et accepté ma domination, ma protection, tout comme Amanda. Le fait que les affaires de Rav soient dans ses appartements privés et non ici, avec notre partenaire et moi, là où elles sont supposées être, m'agace subitement. Je réprime l'envie pressante de réveiller Amanda et de lui parler, de lui poser des questions sur sa vie et lui faire visiter mon vaisseau, de me montrer comme un jeune arriviste qui essaie d'épater sa femme, et non pas comme un commandant qui n'avait besoin d'impressionner personne.

Au lieu de me préoccuper de mon commandement, des missions des éclaireurs, des stratégies de combat, je reste assis dans le noir, telle la bête regardant sa belle. Je compte ses respirations, je lutte contre l'envie de la réveiller et de la prendre, avec douceur. Je m'imagine embrasser ses lèvres, parcourir sa peau, apprendre chaque courbe et chaque recoin de son corps, les zones érogènes qui la font gémir, haleter, jouir. Je m'assois dans le noir en me demandant si mes partenaires ont eu leur compte et sont apaisés, heureux. Je me demande si je leur conviens. Il le faut.

Je n'ai jamais eu besoin de rien. Je n'aime pas les embrouilles. Je combats les cyborgs de la Ruche. Je baise pour le plaisir. Je combats auprès de mes guerriers pour calmer la fureur dans mes veines, pour repousser les gouffres de colère qui menacent de me faire plonger à chaque fois que je parle à mon père, ou qu'un autre guerrier meurt au combat. Tout cela se calme lorsque je pénètre Amanda, lorsque je la fais jouir, lorsque mon sperme se répand en elle.

J'admire mes partenaires. Un sentiment brut, une faim, renaît de ses cendres, et je crains que rien ne puisse le calmer.

Je me sens dans la peau d'un inconnu, d'un étranger avec des pensées et des désirs que je ne connais pas et qui échappent à mon contrôle.

Je n'aime pas broyer du noir. Je me lève et me lave tranquillement dans le GM. J'enfile un uniforme propre. Je ressens le poids du commandement, la responsabilité m'envahit comme jamais ; c'est tout à fait différent de la sensation ressentie avec ma partenaire. C'est familier, normal. Confortable.

Cinq minutes plus tard, je suis au poste de commandement, l'esprit léger et vide de tout envie, besoin, désir ou désarroi, tandis que je parcours les rapports des éclaireurs, que je discute avec mes meilleurs capitaines pilotes des prochains combats. Ils remarquent le collier autour de mon cou, mais ont le bon goût de ne rien dire. Surtout lorsqu'on sait qu'il existe des choses bien plus importantes que me dégoter une partenaire.

La Ruche va venir. La Ruche et sa faim insatiable d'autres corps à convertir en vue d'avoir plus de matière pour leurs Centres d'Intégration. Ils consomment des vies, c'est leur mode de vie. Et mon groupe de combat est au front, si proche du quartier général de la Ruche que nous devons mener deux à trois fois plus de combats par semaine comparé à d'autres secteurs.

Avant, rien que l'idée me donnait une sensation d'importance. Nous nous trouvons dans l'une des zones de guerre les plus anciennes et les plus meurtrières. Mon père aime ça ; les attentes qu'il fonde pour son fils en tant que guerrier du clan Zakar le rendent fier. L'Unité de Combat Zakar ne partira jamais d'ici, ne subira jamais d'échec. Notre clan lutte dans cette zone depuis des centaines d'années.

— Commandant, une communication, me dit mon officier radio depuis le poste de commande.

— Mon père ?

— Oui, Monsieur.

Génial. Putain, il choisit bien son moment.

— Passe-le-moi à la Base.

C'est ainsi que je surnomme la salle de réunion typique que l'on retrouve sur chaque vaisseau. Cet espace privé a été aménagé pour accueillir des officiers de haut rang pour discuter de stratégie ou des affaires du vaisseau. C'est ici que je rencontre mes capitaines, que je sanctionne mes guerriers et que j'échafaude des plans de bataille.

Je quitte le poste de commande et me dirige vers la salle de réunion. Quelques secondes plus tard, la porte se referme derrière moi, et le visage cuivré de mon père occupe tout l'écran du mur du fond. J'ai hérité de ses yeux, mais je tiens tout le reste, ma peau dorée notamment, de ma mère. Il tient sa couleur de l'ancienne lignée. Il m'en a toujours voulu de ne pas être aussi foncé que lui.

— Commandant.

Il ne m'appelle jamais par mon nom, toujours par mon grade, comme si je n'étais pas son fils. Un simple soldat. Il poursuit :

— J'ai pris connaissance du dernier rapport.

— Oui, père. La Ruche a été éliminée de ce système solaire.

— Et tu as failli mourir.

Nous y voilà…

— Je vais bien.

— Putain, mon gars. T'as été médiocre. C'est une honte. Je t'ai déjà dit d'aller faire un tour dans le simulateur de vol avant de voler avec un autre escadron. Tu vaux mieux que ça. T'es un Zakar. J'ai pas envie que les femmes ricanent et cancanent sur la façon dont tu t'es fait dégager de ton vaisseau pour flotter dans l'espace comme un vulgaire détritus.

— Désolé de te décevoir.

Mon père poursuit sa diatribe pendant plusieurs minutes, décrivant à grand renfort de détails les mines compatissantes et préoccupées qu'il a dû endurer au palais du Prime ce soir-là. Je me frotte la nuque, j'essaie d'ignorer la rage qui me noue le ventre chaque fois que je suis obligé de regarder cet homme auquel je suis lié.

— Que ça ne se reproduise plus. Tu es un Zakar.

Il ne prend même pas la peine de me saluer ou de me demander comment je vais. Il s'en fout. Je suis là pour survivre, m'améliorer, perpétuer le nom de famille.

J'ai écouté ses logorrhées pendant des années. Elles ne m'ont jamais fait trembler bien longtemps. Tant que je serai dans cette académie, mon père ne réussira pas à briser mon mental. Mais ce soir, je m'affale sur la chaise la plus proche et me prends la tête entre les mains.

Haine. Rage. Colère. Honte. Amour. Tout se mélange en moi, je n'arrive plus à respirer.

―――――

Conrav

AMANDA EST DANS MES BRAS, son souffle chaud caresse mon torse. Sa tête est blottie dans le creux de mon cou, et j'enlace son corps nu.

Ma partenaire.

Je l'attends depuis des années. J'ai invoqué les dieux pour que Grigg accepte de réclamer une femme un jour. Je suis un haut responsable. Je suis en droit de demander une épouse légitime, mais à chaque fois que j'envisageais la chose, je pensais à Grigg, perdu, seul. Ce n'est pas mon frère de sang, mais c'est celui que j'ai choisi. Je ne peux pas le laisser tomber, tout comme il n'abandonne pas un guerrier blessé sur le champ de bataille.

L'angoisse qui coule dans ses veines est la mienne. Grâce à sa nouvelle connexion avec notre partenaire, aux liens émotionnels des colliers, je ressens la douleur de Grigg aussi nettement que s'il était à mes côtés, prêt à imploser.

L'espace de quelques secondes, notre partenaire s'étire elle aussi, elle inspire et pose la main sur son cœur. C'est bien la preuve qu'elle ressent elle aussi sa douleur. Notre lien est fort, plus fort que ce que j'avais imaginé en la possédant.

— Que se passe-t-il ? murmure-t-elle, anxieuse, tout en restant dans mes bras. Grigg ?

— Oui, Grigg, dis-je en soupirant, avant de l'embrasser sur le front et de la laisser se lever à contrecœur. Je parie qu'il a parlé à son père.

Elle s'assoit dans le lit, toute nue, si magnifique que je n'arrive pas à détacher mon regard de sa peau alors que j'enfile mon uniforme en trébuchant.

— Son père ?

Amanda remonte la couverture sur sa poitrine, et ses cheveux bruns lui tombent en cascade sur les épaules. Le mal-être de Grigg ne suffit pas à empêcher mon sexe de durcir en la voyant.

— Le Général Zakar. Il siège au conseil du Prime.

— Mais...

Elle se frotte la poitrine, comme si ça lui faisait vraiment mal.

— Je ne comprends pas.

Une fois habillé, je m'approche du lit, je me penche et dépose un petit baiser sur ses lèvres roses et douces. Par les dieux, elle est délicieuse, elle est à moi. À moi et à Grigg, et voilà que ce con a besoin de moi.

— Dors, partenaire. Je m'en occupe.

Elle me regarde partir avec une lueur de colère dans les yeux. Tant mieux, elle va en avoir besoin si elle veut survivre à notre accouplement. Grigg ne tient pas en place, son besoin de tout contrôler m'excite et m'effraie à la fois. Je n'ai aucun scrupule à baiser notre partenaire selon les demandes précises de Grigg. Le fait qu'il m'ordonne de la baiser, de répandre mon sperme en elle - en premier - fut un choc absolu, un si grand honneur que je n'avais jamais envisagé un tel scénario. Notre premier enfant nous appartiendra à tous les deux. Nous ne saurons jamais qui est le père. L'honneur et la générosité de son acte me rendent humble. L'attitude dominatrice de Grigg envers moi me procure un sentiment d'acceptation et de confusion.

Il a toujours été impétueux, impulsif, arrogant et un peu rebelle. C'est ce que j'aime chez lui, il est toujours partant pour l'aventure. J'ai combattu à ses côtés à maintes reprises, mais je n'ai jamais dormi avec lui, je n'ai jamais partagé une femme et ressenti son besoin impérieux de tout maîtriser. Il n'a jamais usé de sa domination implacable sur moi, et je suis surpris de l'avoir découvert - fortuitement. Putain, je suis sûr que notre partenaire a apprécié l'expérience.

Je trouve Grigg exactement là où je m'attendais le trouver, à la Base, dans son sanctuaire. Seul.

Le pauvre est toujours seul.

Il ne regarde pas dans ma direction lorsque j'entre. Une tablette ouverte est posée sur la table devant lui, elle doit regorger de rapports, de demandes et de sujets qu'il doit valider. Il est assis à la table ronde et n'en a regardé aucun, son regard vide et froid est fixé sur l'écran qui donne sur le vide sidéral à l'extérieur du vaisseau. Si je ne ressentais pas la rage et la peine dans mon collier, j'aurais pu croire qu'il faisait semblant. Il est devenu expert dans l'art de cacher ses pensées.

— J'imagine que ton père a été charmant, comme à son habitude ?

Je m'assois à droite de Grigg et attends, avant de reprendre :

— Il était comment, aujourd'hui ?

Le silence dure de longues minutes, mais je n'en rajoute pas, je pose mes pieds sur la table, mes mains derrière ma tête et j'attends l'explosion.

— Enlève tes putains de pieds de ma table.

— À ce point-là, hein ?

— Rav.

— Laisse-moi deviner ? Il a éclaté en sanglots tant il se préoccupe de ton sort.

Grigg pousse un petit grognement amusé.

— Connard.

Je m'étire, à la fois épuisé et galvanisé par le temps passé avec Amanda. Après ce qu'on lui a fait, je suis surpris qu'il soit à nouveau tendu, comme à son habitude. Si j'arrive à calmer Grigg, on pourra réintégrer notre chambre, soulever les couvertures sur le corps chaud et doux d'Amanda et...

— Arrête de penser à notre partenaire. Laisse-moi ruminer.

— Alors, ton père. Laisse-moi deviner ? Ton expérience de mort imminente a foutu un coup à la renommée des Zakar, et les femmes du palais le font chier car elles s'inquiètent pour l'infâme Commandant Zakar ?

— En gros, oui.

— Tu lui as parlé de notre partenaire ?

— Non.

— Hein ? Il n'a pas remarqué le collier ?

Grigg secoue la tête.

— Il ne voit que ce qui l'intéresse. Le reste...

— Et donc tu ne lui as rien dit. Pourquoi ? Les femmes lui ficheraient peut-être la paix si elles savaient qu'elles n'ont plus aucune chance avec toi.

— Elles n'ont jamais eu aucune chance.

— Elles l'ignorent. Je suis sûr que tu es le partenaire potentiel numéro un sur la liste de la plupart des mères pour leurs filles. Ton nom est célèbre sur Prime.

Il reste muré dans son silence, et je ne dis rien, j'attends qu'il enregistre ce que je viens de dire. C'est un guerrier exceptionnel, mais lorsqu'il s'agit de politique ou de femmes, il a autant de finesse que son père. Mais je ne vais pas le lui faire remarquer.

— Je ne vais pas lui parler d'elle.

Je fronce les sourcils.

— Et pourquoi ?

Il me regarde enfin, et je suis soulagé de voir que la tension retombe, grâce à notre lien.

— L'idée que les femmes le harcèlent me plaît bien. Je ne le lui dirai probablement jamais.

— Parfait. Je me fiche de ton connard de père. Je me préoccupe d'Amanda. Que va-t-on faire d'elle ?

Cela attire son attention.

— C'est à dire ?

— Tu n'as rien senti à la fin ?

— Senti quoi ?

— Sa culpabilité.

Grigg secoue la tête et plonge son regard dans l'amas d'étoiles sur son écran.

— Non. Désolé. J'étais…

— Légèrement abruti et quelque peu perturbé par tes sentiments envers moi ?

9

onrav

— Putain, Rav. Pourquoi tu fais ça ?

La bouche de Grigg se mue en une ligne fine et il refuse de me regarder. Je le connais depuis des années, et c'est la première fois que je le vois aussi gêné.

Je me lève et je lui pose la main sur l'épaule avec force. Je la serre lorsqu'il essaie de se dégager. Nous devons en parler. Si notre accouplement avec Amanda fonctionne, nous devons régler ça.

— Écoute, je m'en fiche. J'ai pas envie de te baiser, Grigg, mais si le fait d'être un sale con autoritaire au lit met Amanda dans cet état à chaque fois qu'on est ensemble, je suis à tes ordres. Elle mouillait comme pas possible, elle en pouvait plus. Elle a adoré ça.

— Je sais.

— Et pour le reste ?

Il me regarde maintenant, je sais qu'il a déjà profondément enfoui ses émotions, je dois lui tirer les vers du nez.

— Écoute, j'ai tout senti, Grigg. On ne peut rien cacher avec ces putains de colliers. Tu étais possessif, et pas seulement à cause d'Amanda.

— Je suis désolé. Je sais pas d'où ça vient.

Grigg a l'air vraiment perdu, tellement à côté de la plaque que je le crois. C'est vachement triste, voilà la conséquence du comportement de son connard de père.

— C'est normal, Grigg. C'est ça l'amour. L'inquiétude. L'affection. Tu es mon cousin et je t'aime. Je pourrais mourir pour toi, tuer pour te protéger. C'est tout à fait normal que tu ressentes la même chose. Nous formons une famille. Et ces sentiments sont communs à notre partenaire. Je les ressens également.

— Je n'ai jamais ressenti ça auparavant.

— C'est ces putains de colliers, marmonné-je. Je sais. Et maintenant, *tu* le sais toi aussi.

— Je sais quoi ?

— À quoi ressemble une famille.

Grigg se frotte la poitrine, je ressens ce pincement au cœur qui le détruit. Il ne sait que faire de ses sentiments. J'essaie de le distraire un peu :

— Revenons-en à notre partenaire. On risque d'avoir un problème.

— La culpabilité ?

— Oui. Elle nous cache quelque chose. Ces colliers sentent tout, même ça.

Grigg fronce les sourcils, l'esprit occupé à résoudre un vrai problème, quelque chose dont il s'occupe plus efficacement que de ces émotions inconnues.

— Que soupçonnes-tu ?

Je n'aime pas dire ça, mais lorsque j'ai appris que notre partenaire venait d'un nouveau membre de la Coalition Interstellaire, j'ai enquêté.

— J'ai fait des recherches sur sa planète, j'ai lu tous les rapports que nous avions concernant la Terre.

— Et ?

— Son peuple est primitif, ils se font la guerre pour une histoire de ressources ou de territoires. Dans la majeure partie du monde, les femmes se voient refuser des droits et une éducation. Elles sont traitées comme des esclaves sans honneur ni pouvoir légitime. Ils laissent leurs pauvres crever de faim et mourir dans les rues. Ils massacrent ceux qui n'ont pas la même couleur de peau ou les mêmes croyances. Ce sont des barbares.

— Ce n'est plus une Terrienne. C'est une citoyenne de Prillon Prime. Elle nous appartient, maintenant.

— Oui, en théorie.

— Mais ?

— Deux hommes étaient présents avec elle lors du processus de recrutement. Elle a dit qu'ils faisaient partie de sa famille, mais elle a menti à la Gardienne, ce ne sont pas ses proches. La Gardienne a eu des soupçons et a enregistré leur conversation.

— Et qui sont-ils ?

— Des espions. Apparemment, Amanda serait une espionne à la solde de son gouvernement.

Grigg écarquille les yeux.

— Amanda, une espionne ?

Je hoche la tête.

— Oui. C'est la première Épouse. Utiliser le programme à leur avantage semble logique. Je parie qu'ils l'ont envoyée pour récolter des informations pour la Terre, pour voler les avancées technologiques que la Coalition leur refuse.

— Je vois.

Je sens littéralement son esprit travailler, calculer des probabilités, formuler un plan.

— Comment tu le sais ? L'information concernant notre partenaire est sûre ?

— Absolument. J'ai demandé à la première Gardienne sur Terre, Dame Egara, de fouiller dans son passé.

Grigg se penche.

— Je croyais que la Terre venait tout juste d'apprendre ce

qu'est la Coalition. Et je connais le Commandant Egara. Que fait sa partenaire, une Dame Prillon, sur Terre ?

La réponse à cette question n'est malheureusement pas très gaie.

— Les deux partenaires de Dame Egara sont tombés dans une embuscade de la Ruche il y a quelques années de ça.

— Que les Dieux aient pitié d'eux.

Grigg fronce les sourcils, attristé par cette nouvelle.

— Pas d'enfants ? reprend-il.

— Non. Elle a refusé un autre accouplement. Elle a quitté la Terre des années avant qu'un contact officiel soit établi avec la planète. J'ignore les détails, mais à la mort de ses partenaires, elle s'est proposée pour servir sur Terre en tant que chef du programme de Recrutement des Épouses. Quoi qu'il en soit, elle a juré fidélité à la Coalition. Ses informations sont dignes de confiance.

Grigg fait les cent pas. Je l'observe, je lui laisse le soin de décider. J'ai appris à soigner, pas à user de subterfuge ni à me battre. Je sais que la conquête du cœur et de la fidélité de notre épouse ne fait que commencer.

Grigg se tourne vers moi, les bras croisés sur la poitrine.

— Tu veux qu'on la laisse tomber ? Qu'on demande une autre partenaire ?

— Non. Elle est compatible. Le test le prouve. Compatible à quatre-vingt-dix-neuf pour cent. Elle est la partenaire idéale, la gardienne Egara et moi-même n'avons pas le moindre doute là-dessus. Elle nous appartient, qu'elle le veuille ou non. Qu'elle exprime sa fidélité envers son gouvernement ou pour nous, ses partenaires.

— Compris, dit Grigg en arrêtant de déambuler. Ça expliquerait pourquoi la Terre avait hâte d'envoyer son premier groupe de guerriers combattre la Ruche.

C'est une surprise totale.

— Ils ont hâte d'envoyer des soldats ?

— Oui. Trop hâte dirais-je. Ils ne veulent même pas que leurs soldats aillent au bout des procédures d'entraînement, dit-il en secouant la tête. C'est stupide et suicidaire. Les rapports de leurs généraux prétendent qu'ils font partie de *Forces spéciales*, qu'ils n'ont pas besoin d'entraînement intensif. Ce sont des combattants d'élite sur Terre.

L'expression de Grigg me fait rire. Je le retrouve bien là.

— Et alors, qu'est-ce qu'on va faire ?

— Qu'ils viennent. On va laisser notre jolie petite partenaire nous mener jusqu'aux traîtres. Ils ne vont pas se contenter de nous envoyer un seul espion.

— Et après ?

L'idée me rend nerveux. Je sais que Grigg ne toucherait pas à un cheveu de notre partenaire, mais je n'en suis pas si sûr concernant les soldats venant de la Terre.

— On tue les traîtres et on lui fout une bonne fessée. Elle est accouplée avec nous. Comme tu l'as dit, la question ne se pose pas, elle nous appartient. On va la baiser et la posséder jusqu'à ce qu'elle comprenne à qui elle appartient vraiment, et ce n'est certainement pas à ces chefs tribaux sur Terre. Ils ne sont pas en mesure de la baiser et de l'aimer comme nous.

— Non. C'est peut-être leur espionne, mais elle nous appartient.

———

Amanda

JE M'ÉTIRE et entends un bip étrange. Ça sonne une seule fois. Je l'ignore, et me retourne. J'ai l'habitude de ne jamais dormir au même endroit à cause de mon travail, et je me réveille en sachant exactement où je me trouve. Dans l'espace. Ma chatte et mon cul sont à vif, impossible d'oublier ce que Grigg et Rav m'ont fait. Grigg a enlevé le gode anal immédiatement après m'avoir baisée. Vannée et comblée, je me suis endormie entre eux.

Encore ce bip. Je tourne la tête et regarde la chambre. Je suis seule, le lit est froid. Je n'ai pas bougé quand les hommes sont partis, ils ont dû sortir en catimini, ou bien je dormais à poings fermés.

Bip !

Je m'enveloppe dans le drap et vais dans le salon, où je remarque pour la première fois une petite table et trois chaises, un canapé gigantesque rivé au sol, des murs austères et un design épuré dans des teintes marron. Ça sent le vieux garçon à plein nez. Je me demande quel genre de décoration je vais bien pouvoir trouver pour que ça ressemble plus à une maison qu'à une chambre d'hôpital.

La pièce est vide.

Bip !

Ça provient de la porte. Ça doit être une sonnette spatiale. J'y vais, mais il n'y a pas de poignée de porte. Ça fonctionne peut-être avec un détecteur de mouvements, car je ne suis plus qu'à une distance de trois pas lorsque la porte coulisse.

Une femme me sourit. Elle porte le même uniforme que Rav avant-hier, sauf qu'au lieu d'être verte, sa chemise est couleur pêche. Mais elle n'est pas humaine. Ses cheveux longs jusqu'aux épaules sont tressés, mais révèlent des mèches orange foncé. Elle me dépasse d'une bonne tête. Ses yeux amicaux sont dorés, je commence à m'habituer à cette couleur, et sa peau est or foncé comme celle de Grigg. Sa voix, par contre, est tout ce qu'il y a de plus normal :

— Vous êtes la partenaire du commandant ? Dame Zakar ?

Sa voix est douce et gentille, mais elle se tient comme un soldat, une femme qui n'a peur de rien.

Je m'agrippe aux draps douillets, rougissante, et je me demande ce qu'elle doit penser de moi. C'est la honte, je ne sais plus où me mettre.

— Oui, répondis-je. Je… euh. Je suis Amanda.

Deux soldats pénètrent dans le couloir, la femme leur jette un coup d'œil tandis que je me cache derrière la porte, puis elle reporte à nouveau son attention sur moi.

— Je suis Dame Myntar, mais appelez-moi Mara. Vos partenaires m'envoient. Je peux entrer ?

Les voix des soldats se rapprochent, je hoche la tête et recule. Je ne veux pas qu'ils me voient dans cet état, nue, épuisée et seulement vêtue d'un drap.

Elle entre et la porte se referme derrière elle. Je pousse un soupir de soulagement.

— Comme je vous l'ai dit, je suis envoyée par vos partenaires. Ils ne pouvaient pas être présents à votre réveil.

C'est attentionné de leur part.

— Je suis chargée de l'intégration familiale et de la socialisation. J'ai moi aussi des partenaires. L'un d'eux, mon Drake, travaille avec le Commandant Zakar. Vous avez de la chance d'être tombée sur un partenaire si exemplaire et un second hautement respecté.

Elle se penche vers moi et poursuit à voix basse :

— Il ne faudrait surtout pas que mes partenaires apprennent que j'ai dit ça.

Je souris. Elle est plutôt sympa et je n'avais pas réalisé que j'avais besoin de… quelqu'un. Quelqu'un de pas forcément intéressé par le fait de me sauter dessus pour me baiser. Du moins pour le moment. Je dois m'assurer que mon séjour sur le vaisseau Prillon ne se résume pas à être la partenaire de deux guerriers. Même si j'ai aimé ce qu'ils m'ont fait la nuit dernière et que mon corps en redemande - leur sperme s'écoule encore entre mes jambes - je suis plus qu'une simple partenaire. Si je dois rester assise dans cette petite pièce et fixer les murs pendant des jours, je vais devenir folle à lier.

— Je vais vous aider pour les vêtements et la nourriture, pour commencer. N'hésitez pas à me demander quoi que ce soit. Je vais vous aider à trouver un travail qui vous plaise. Des amis. De quoi occuper vos journées pendant que vos partenaires sont absents. Ça doit beaucoup vous changer de la Terre.

J'ignore encore à quel point. Je m'enroule dans le drap.

— N'importe quoi, pourvu que ce ne soit pas un drap. Merci. Mais j'aimerais me doucher d'abord.

Elle sourit.

— Bien sûr.

Mara passe l'heure suivante à me montrer comment fonctionne la salle d'eau - une douche et une baignoire. Elle me précise qu'elles ne sont là que pour le plaisir et ne sont pas strictement nécessaires. Elle me montre le S-Gen, avec ses lumières vertes qui scannent mon corps et me créent des vêtements sur mesures. La pièce de vie est complètement différente de celles que l'on trouve sur Terre, elle ne comporte ni cuisine ni placards. Je la suis aveuglément, aussi curieuse qu'un petit enfant. Plusieurs compartiments se cachent dans les murs, j'ai hâte de les ouvrir et de voir ce qu'ils recèlent, comme dans une chasse au trésor. Je me sens comme un enfant excité qu'on guide par la main, et je le lui dis, reconnaissante.

— Je vous en prie. Je vais vous conduire à la cafeteria. Après, vous aurez tout vu. Oh !

Elle pivote sur ses talons et me regarde, puis reprend :

— Votre boîte d'accouplement. Vous n'avez pas dû en avoir besoin dans l'unité de soins.

— Une boîte d'accouplement ?

Elle agite la main en l'air.

— Elle contient des fournitures pour les nouvelles partenaires. On ira en récupérer une à l'intendance. Ça vous dirait de visiter le vaisseau avant de déjeuner ?

L'idée de voir autre chose que les appartements de Grigg attise ma curiosité, alors j'ignore mon ventre qui gargouille. J'ai faim, mais je peux attendre. Non seulement j'ai envie de satisfaire ma curiosité, mais ça me permettra d'enquêter et d'étudier le vaisseau afin de rendre mon rapport pour la Terre.

— Oui s'il vous plaît.

Je porte maintenant un uniforme bleu nuit constitué d'un pantalon et d'une chemise assortie. Je me coiffe avec les doigts et laisse mes cheveux lâchés sur mes épaules avant de suivre Mara avec impatience. Il n'y a pas grand-chose à voir, juste un grand couloir orange. Les murs passent de l'orange au vert, puis au bleu au fur et à mesure de notre progression dans le vaisseau ; Mara m'explique que les teintes orange ou crème indiquent que nous sommes dans une zone civile ou dédiée aux familles, le vert c'est la médecine, le bleu l'ingénierie, le rouge le commandement et les sections d'assaut. Le vaisseau obéit à un code couleur, tout comme les uniformes. Le gris est celui de l'équipe du Général, la couleur de l'insigne sur leur poitrine indique à quelle zone du vaisseau ils sont affectés. Les hauts responsables, tels que les docteurs ou les ingénieurs, portent des uniformes assortis à leur section au sein du vaisseau. Ce qui explique l'uniforme vert foncé de Rav.

Les guerriers, comme mon Grigg, portent tous une étrange armure camouflage noir et marron foncé. Mara a insisté sur le fait qu'elle était quasiment indestructible, en disant :

— Le commandant l'a testée bien des fois.

Je n'aime pas ça.

Nous dépassons plusieurs personnes qui baissent la tête avec respect. Je pense qu'il s'agit de leur façon de saluer, mais apparemment c'est à moi que c'est destiné, et pas à Mara.

— Pourquoi me saluent-ils ? Ils ne me connaissent même pas.

— Ils savent que vous êtes la partenaire de notre commandant, notre Dame Zakar. Nous vous attendons depuis plusieurs années.

Je fronce les sourcils.

— Comment savent-ils que c'est moi ?

Mara montre mon cou.

— Votre collier. Votre tenue. Votre apparence extraterrestre. Le commandant a insisté pour que vous portiez la couleur de la famille Zakar. La couleur est différente pour chaque groupe de partenaires. Regardez...

Elle montre son propre cou, avant de poursuivre :

— La lignée de mon partenaire, le clan guerrier Myntar, est orange foncé.

— Je suis honorée, mais gênée. Pourquoi les gens auraient-ils attendu mon arrivée ?

Mara arrête de marcher et se tourne vers moi.

— La partenaire du commandant a des pouvoirs et une grande influence. Concernant les affaires civiles, tous à bord obéissent à vos ordres, guerriers et citoyens confondus. Personne ne peut vous en donner, hormis le commandant, et tout l'équipage mourrait pour vous protéger. Vous êtes une sorte de princesse, maintenant, ou une reine. Notre reine.

C'est quoi ce bordel ? Je suis sous le choc, ma voix tremble :

— Pourquoi ? Que suis-je censée faire ? Pourquoi un guerrier obéirait-il à mes ordres ? Je suis censée me battre ?

— Oh, non, ma chère, dit-elle en posant la main sur ma manche. Non. Mais si vous en avez envie, et que vous arrivez à convaincre vos partenaires de vous le permettre, c'est envisageable. Non. Je vous aiderai à trouver un travail qui vous conviendra. En tant que Dame la plus haut placée avant votre arrivée, j'étais chargée de la vie civile dans l'espace. Les guerriers sont occupés à combattre, ils s'attendent à ce que le personnel non combattant s'occupe du reste.

Oh la vache.

— C'est à dire ?

— Les adoptions, les accouplements, la maintenance, la socialisation, la communauté, l'éducation...

Je lève la main et l'interromps :

— En gros, ils se battent et on gère tout le reste ?

— Exactement, dit-elle en souriant. J'adorerais que vous m'aidiez, si ça vous tente.

— Mais, comment savez-vous que je ne vais pas m'emmêler les pinceaux ? J'ignore tout de votre vaisseau, de votre vie. Je croyais encore récemment que les vaisseaux spatiaux n'existaient qu'au cinéma.

Mara m'adresse un sourire confiant, et ses paroles me réchauffent le cœur :

— Vous êtes sa partenaire. Si vous êtes parfaite pour lui, vous êtes parfaite pour nous. Le processus de recrutement n'aurait pas choisi comme partenaire pour notre commandant une femme incapable de s'en occuper, ou d'assumer ses responsabilités.

Abasourdie, je reste bouche bée. Ça la fait rire.

— Mon partenaire est le Capitaine Myntar, le troisième officier le plus haut gradé dans l'Escadron de Combat Zakar. Étant donné que ni le commandant ni le Capitaine Trist n'avaient de partenaire, c'est moi qui me suis occupée de tout. De vous à moi, votre aide sera *très* bienvenue.

Un frisson parcourt ma colonne vertébrale à l'idée d'avoir des responsabilités ici. J'aurais dû être tout excitée par les opportunités que mon nouveau rôle me confère en matière de collecte d'informations, mais je dois avouer que l'idée de me rendre utile me plaît bien. J'aime apporter ma contribution, créer, plutôt que détruire.

— Vous êtes avec votre partenaire depuis longtemps ?

— Cinq ans. Nous avons un fils, répond-elle, et son visage s'éclaire. Vous voulez le voir ?

— Oh, hum… bien sûr.

— Parfait. Il va à l'école. Il n'a que trois ans, il y va pour jouer, principalement. J'aime bien le voir s'amuser.

Nous empruntons d'autres couloirs, et la couleur des murs devient sable. Mara s'arrête devant une grande porte qui coulisse, et je lui emboîte le pas. De l'autre côté, une femme à la peau étrangement bleue est assise derrière un bureau. Ses cheveux et ses yeux sont noirs, mais sa tenue est digne d'un top model.

— Dame Myntar, dit la femme.

— Salut, Nealy. Je vous présente Dame Zakar…

La femme se lève et s'incline.

— La partenaire du commandant. Soyez la bienvenue.

J'adresse un sourire à la jeune femme.

— Merci. Appelez-moi Amanda.

Mara rayonne littéralement.

— Je voulais seulement voir Lan. Ne vous dérangez pas.

Nealy hoche la tête, et nous nous approchons de l'une des fenêtres donnant sur des pièces contiguës. Des enfants de tous âges jouent entre eux et avec des adultes, qui les aident à colorier ou à jouer au ballon.

— Là.

Mara me montre un petit garçon au teint doré et aux cheveux orangés de sa mère. Il est occupé à empiler des cubes avec une petite fille, blonde comme mon Rav. La scène semble tout droit sortie d'une maternelle ordinaire.

— Il est adorable.

Mara rayonne, fascinée par son enfant.

— Oui. Il est fort. Très protecteur pour son âge. Il a frappé un autre gosse hier, qui avait tiré les cheveux de la petite Aleandra. Ses pères sont si fiers de lui.

OK, ils les incitent à se battre.

Non, ils encouragent leurs petits garçons à protéger les petites filles. Je ne suis pas contre.

Nous les observons quelques minutes, à nous délecter de leurs visages joyeux, du plaisir innocent des choses simples. Ces enfants sont en tous points pareils aux petits garçons et aux petites filles sur Terre. Il n'y a aucune différence. L'un a chipé un jouet, l'autre s'est endormi sur une couverture avec un livre. L'autre est assis sur les genoux de la maîtresse, en pleurs. Elle agite une baguette guérisseuse sur le genou égratigné.

Je la lui montre.

— C'est quoi ?

— La baguette ReGen ?

— Celle dans les mains de la maîtresse.

— Oui. C'est une baguette qui soigne.

En quelques secondes, le genou du petit garçon est complètement guéri, il n'y a plus aucune trace d'égratignure. Il ne pleure plus et sourit.

— C'est du jamais vu.

— Allons-y avant que Lan me voie.

Nous quittons la petite école et empruntons d'autres couloirs.

— On trouve des baguettes ReGen dans toute la communauté. Dans la zone des bureaux également. Elles soignent les blessures sans gravité. En cas de problème plus grave, il faut vous rendre dans les unités de soins, elles sont équipées de caissons ReGen.

— Ça soigne les blessures rapidement, comme le genou du petit garçon ?

— Oui. Leur vrai nom, c'est Unités de Régénération par Immersion, mais on les appelle des caissons.

Ouah. J'imagine un caisson style cercueil, tout droit sorti d'un film de science-fiction. On s'allonge dans le caisson, on attend quelques minutes, et hop, guéri ? Ça pourrait être utile sur Terre.

Et la baguette ReGen ? Nomade, facile, rapide. Ça pourrait changer l'approche médicale sur Terre, mais nous ignorons son existence. Je dois me souvenir de vérifier à quel endroit est située celle dont Mara m'a parlé. Si j'échoue, il me faudra ravaler mon amertume et voler la baguette ReGen de la maternelle. Elle sera remplacée vite fait. Ils doivent en posséder des milliers.

J'accompagne Mara dans la grande cafeteria salle à manger, en grande partie vide. Elle me montre comment commander mon déjeuner à l'unité S-Gen. Je peux manger dans ma chambre, mais prendre ses repas seul est mal vu par la société Prillon ; si je ne fréquente pas les parties communes - moi en particulier, la partenaire du commandant -, les guerriers et leurs partenaires prendraient cela comme une insulte. Je suis *leur* Dame Zakar.

Génial. Je suis une princesse, je joue un rôle politique et je dois faire des apparitions publiques ? C'est plus lourd que ce à quoi je m'attendais. Bien plus lourd.

La nourriture est étrange, les nouilles sautées ont un goût de zeste d'orange et de pêches. Un étrange fruit violet semblable à une pomme a le goût de la tarte aux cerises, on dirait les tourtes de ma grand-mère.

Je fais vraiment de mon mieux, mais le dégoût se lit sur mon visage. Mara se moque de moi.

— Vous savez, vous pouvez demander au commandant que nos programmateurs fabriquent des repas terriens.

— Vraiment ?

Dieu merci. Je mangerai ce truc si j'y suis obligée, mais ça ne gagnera pas le premier prix. Aucun risque de grossir avec ce genre d'aliments.

— Oui. Donnez-lui une liste. Une fois qu'il l'aura validée, nous la soumettrons à l'équipe des développeurs de Prillon Prime. Ils enverront chercher des plats sur Terre, analyseront leur contenu et les feront figurer au menu de l'unité S-Gen spécialement pour vous.

— Merci ! Ce serait formidable.

Je l'aurais presque embrassée, vraiment.

— Allons-y.

Je hoche la tête. Elle passe presque toute la journée à me montrer le vaisseau, à me présenter aux gens que l'on rencontre. Je souris et fais de mon mieux pour être comme les autres, mais j'ai mes limites, et elles ont été dépassées ces derniers jours. J'ai besoin de calme et de tranquillité. J'ai besoin de temps pour penser, pour réfléchir à ce que je vais faire.

Je la suis à l'extérieur de la cafetaria, dans une série de couloirs, jusqu'à un étrange comptoir. Mara s'y avance. La femme qui se trouve derrière ressemble à une pharmacienne ou à une vendeuse de places de cinéma. J'ignore quel est son rôle.

— Un KEA, s'il vous plaît, demande Mara.

La femme Prillon me jette un rapide coup d'œil, hoche la

tête, puis va en chercher un dans la petite pièce derrière elle. Elle le remet à Mara, qui me le donne.

— C'est quoi ? Ça veut dire quoi, KEA ?

Je prends le kit de la taille d'une boîte à chaussures et le mets sous mon bras.

— KEA, ça veut dire Kit d'Exercice Anal. Ce n'est pas le nom officiel, mais c'est comme ça qu'on l'appelle, nous les dames.

10

manda

— Hein ?

J'ai dû mal *comprendre*.

Mara marche dans le couloir, elle s'attend à ce que je la suive.

— Je dois retourner à mon poste, je vous raccompagne dans vos quartiers. Le docteur Zakar m'a assuré que l'un d'eux rentrerait bientôt. Je ne voudrais pas qu'ils s'inquiètent, ils sont peut-être déjà rentrés.

Mais il n'y a personne. Une fois seule, j'ouvre la boîte. Je suis curieuse de voir ce qu'elle contient.

KEA. Anal - sérieusement ?

Il y a une douzaine d'outils aux formes étranges, à bout rond, torsadés au centre, d'autres flexibles qui ressemblent à des clés, ou à un outil pour réparer une voiture. Je secoue la tête, et j'effleure un objet long et irrégulier, argenté, étrange, vaguement brillant.

Je n'ai pas la moindre de ce à quoi ils peuvent servir, aucun ne semble approprié pour un usage… hum… anal. Je présume que Robert en voudra absolument un, tout comme la baguette ReGen. L'agence recherche de nouvelles technologies, en voici une boîte pleine. Peu importe à quoi ça sert, je suis certaine qu'avec un bon ingénieur, les scientifiques de l'agence pourront en tirer quelque chose. Tout comme la baguette cicatrisante. Je dois les toucher et voir comment je peux les transporter chez moi.

En farfouillant, je tombe sur un objet inhabituel. Je le sors et le retourne dans tous les sens en me demandant ce que ça peut bien être. Il mesure quinze centimètres et comporte deux cercles à chaque extrémité. En métal ultraléger, plutôt basique, on dirait une clé double. Bizarre.

Je prends l'étrange objet et fais les cent pas dans la pièce en en tripotant les extrémités. Je me demande à quoi ça sert. Je suis près du canapé quand la porte coulisse et Grigg m'appelle.

— Amanda. Tu es là ?

Paniquée à l'idée qu'il me trouve avec ce truc bizarre, je me penche et le cache en vitesse derrière le coussin du canapé bleu foncé.

— Partenaire !

Sa voix grave fait battre mon cœur plus vite, ma chatte me fait mal. Je me retourne, il n'est qu'à quelques pas de moi, les mains sur les hanches. Il m'a vue la main sous le coussin et le cul en l'air. Je sais que j'ai rougi, et je m'empourpre de plus belle en le voyant hausser un sourcil.

— Je suis désolé de t'avoir laissée seule. Apparemment, Mara s'est occupée de toi.

Il se rapproche et murmure :

— J'adore ce bleu foncé Zakar sur ton joli cul. Je te préfère encore plus nue sous un drap.

Ses mots tendres et son désir me donnent chaud. Sa voix, sa présence m'excitent.

— Qu'est-ce que tu caches ? demande-t-il en indiquant le canapé.

Je suis obligée de prendre l'objet de derrière l'épais coussin pour le lui donner.

— En fait, j'en sais rien, dis-je avec franchise.

Le fait de le cacher peut sembler étrange, mais sinon je ne vois pas de raison de mentir. Je me lève et lui montre la boîte.

— On nous a donné une boîte d'accouplement, mais je n'arrive pas à comprendre à quoi servent ces outils.

Grigg fait coulisser le couvercle de la boîte sur la table et regarde à l'intérieur.

— Oui, je connais cette boîte. Mais dis-moi, partenaire, pourquoi cacher seulement celui-là ?

— Je… Je…

Je suis capable de me tirer de n'importe quelle situation. De l'Australie à l'Arizona, j'arrive toujours à m'en sortir. Mais là…

— Je ne sais pas.

Grigg me gratifie d'un grognement évasif.

— Tu es consciente, partenaire, que nos colliers nous permettent de ressentir nos émotions respectives. Par exemple, tu as dû percevoir mon excitation quand je suis rentré. Mon désir pour toi n'a fait qu'accroître ta propre excitation.

Ça tient la route, j'ai eu envie de lui dès qu'il a passé la porte. Et c'est toujours le cas.

— On ressent également d'autres émotions, telle que la nervosité.

Il prend l'objet et le retourne entre ses grosses mains.

Ou les mensonges, poursuit-il.

Je déglutis. Foutue technologie. Comment être espionne si mes pensées et mes sentiments sont connus de tous ?

— Je ne sais vraiment pas ce que c'est.

Je prends la boîte et en sors un objet plus petit.

— J'ai demandé à Mara de s'assurer que tu reçoives ton kit. Dans la précipitation, on n'a pas pris celui qui était dans l'unité de soins après ton examen.

Je rougis en me remémorant l'examen en question.

— C'est quoi ?

Il ouvre le couvercle, ôte une couche que je n'avais pas remarquée et en retire ni plus ni moins qu'un gode anal.

Je ne dis rien, la chaleur m'envahit, ma chatte et mon cul se contractent. Le KEA prend tout son sens. Tout le contenu du kit ne sert quand même pas à...

Il a un rictus.

— Nos nouvelles partenaires reçoivent toutes un kit d'exercice. Nous ne serons pas entièrement liés tant que Rav et moi ne t'aurons pas possédée et baisée en même temps.

— Oh, réponds-je.

Je me revois avec eux, leurs sexes qui me pénètrent en profondeur. Comme dans mon rêve. Satané corps insatiable, je ne fais que penser à ce rêve. Deux hommes. En train de me baiser, de me pénétrer, de me posséder.

— Apparemment, Mara ne nous a pas donné la boîte de godes basiques, ils sont nettement plus perfectionnés.

Je montre le long objet métallique en fronçant les sourcils.

— C'est un sex toy ?

— Un sex *toy*, répète Grigg en hochant la tête. J'aime bien ce terme, c'est un vrai jouet, et j'ai hâte de m'amuser avec.

Quant à moi, j'ai des doutes. Ça ressemble plus à une clé double qu'à un jouet.

— Tu étais en train de cacher le sex toy dans le canapé. Dis-moi pourquoi.

Oh merde. Je me mords la lèvre et le regarde.

— Je... Je ne sais pas. C'est idiot.

Il le prend et réfléchit.

— Oui, tu m'as déjà dit ça, et je sais que tu mens.

Ouais, encore raté. Merde.

— Tu l'as caché parce que tu ne veux pas que je m'en serve avec toi ?

Je hoche la tête, de façon trop exagérée.

— Mais tu ignores ce que c'est. Comment peux-tu savoir que tu ne vas pas aimer ?

Je hausse les épaules, je n'ai pas la réponse.

— Et si je te dis que ça va te plaire ? Que je ne me servirais jamais de quoi que ce soit que tu n'aimes pas ? Tu me fais confiance pour que je l'utilise avec toi ?

Son regard est sombre, sérieux, mais sa voix est douce et posée. Il m'amadoue, je sais qu'il veut utiliser ce sex toy. Sur moi. Maintenant.

— Ça ne va pas faire mal ? demandé-je en regardant l'étrange gadget.

— C'est une douleur exquise.

Je recule et le regarde d'un air sceptique. Il ajoute :

— Fais-moi confiance.

Je me lèche les lèvres et le regarde. Je le regarde *vraiment*. Est-ce que je lui fais confiance ?

— Si tu ne me fais pas encore confiance, ais confiance en notre couple. Crois-moi, je sais ce que tu aimes, ce que tu veux. Ce dont tu as *envie*.

— J'ai envie de ça ? dis-je en montrant le mystérieux jouet.

— Tu verras. Enlève ta chemise.

Je regarde le petit objet métallique entre ses mains, puis je le regarde lui. Il attend patiemment, calmement que je me décide à tenter l'aventure ou pas.

— Tu veux que j'enlève ma chemise.

— Je te veux nue et implorante, alors commençons par la chemise.

Merde. Pourquoi me dire ça ? C'est hyper torride.

— C'est quoi ce truc ? dis-je en me mordant les lèvres.

Il me le tend.

— Ça ? C'est pour tes tétons.

— Mes...

Lesdits tétons durcissent à l'idée de... quoi que cet objet leur fasse.

— Enlève ta chemise, Amanda.

— Je... Je...

Je bégaie. Je suis vraiment anxieuse, pour le coup.

— L'idée que je fasse quelque chose à tes tétons t'excite, hein, partenaire ? demande Grigg en avançant d'un pas vers moi. Ils sont déjà tout durs. Je ressens ton intérêt et ton désir grâce au collier. Je parie que si j'explore ta chatte avec mes doigts, je la trouverai mouillée.

Il fait un autre pas dans ma direction, et pose doucement la barre en métal sur la table. Il l'ignore pour le moment et se concentre exclusivement sur moi. Toute cette puissance, cette taille et cette intensité sont pour moi, et je n'ai pas la force de résister. De lui résister. Des vagues de désir montent en moi, ma chatte me fait mal, elle se gonfle, prête à accueillir sa verge. Mes seins sont tendus, mes tétons tout raides. Ma température augmente.

— Il y a… il y a un problème.

C'est la première fois que je suis excitée aussi vite, et il ne m'a même pas touchée. C'est comme lorsque j'ai mis le collier, mes émotions me submergent.

— Tu ressens aussi mon excitation. Notre union a déjà commencé, et notre sperme, notre essence unificatrice, est déjà à l'œuvre dans ton corps. Il n'y a pas de secrets entre partenaires. Pas de fausses émotions ou de faux désirs. Ça t'apprendra à dépasser tes peurs.

Il lève la main vers mon bras, sans me toucher, il balaie l'air, et je ressens comme un grésillement, une chaleur. Je frissonne.

— L'essence unificatrice ?

— Le fluide qui s'écoule de nos queues est pour toi. Je l'ai frotté sur ton clitoris pendant l'examen, pour apaiser tes craintes. Puis, on t'a baisée, et notre sperme a colonisé ta chatte, on t'a marquée. Pénétrée. Les produits chimiques unificateurs de notre sperme ont pénétré dans ton corps, sont devenus primordiaux. C'est ainsi que les guerriers Prillon s'unissent à leurs partenaires.

— Vous m'avez droguée avec votre sperme, les mecs ?

Il hausse les épaules, il n'a pas honte de l'admettre.

— Droguée n'est pas le terme qui convient. Ton désir, ton acceptation sont des signes qui montrent que tu nous appartiens. Je ne t'ai même pas touchée et tu es sur le point de jouir. Je me trompe ?

Je respire bruyamment, il fait chaud.

— Non.

Je dois dire la vérité, il est évident que ça m'affecte... en quelque sorte.

— Alors compte sur moi pour te faire du bien. Enlève. Ta. Chemise.

Sa voix est tranchante. Il a entendu mes préoccupations, mais sa patience a des limites. Je le sens bien.

Je la prends par le col, l'enlève et la jette par terre. Grigg me regarde faire, les yeux rivés sur mes seins. L'étrange soutien-gorge - comme ceux qu'on trouve sur Terre, à balconnets, mais beaucoup moins couvrant - montre la naissance de mes seins. On dirait un demi-soutien-gorge, plus petit que tout ce qu'on peut voir sur Terre. Si je respire trop fort, je suis sûre que mes tétons vont en jaillir.

D'un doigt, Grigg fait un essai, il tire sur le bord du tissu blanc et le baisse. Mon téton apparaît, dur et tendu. Il fait de même avec l'autre. J'ai le souffle court, l'air frais de la chambre les durcit plus encore.

— Dieu du ciel, tu es splendide, s'exclame-t-il, haletant.

Je sens son désir impérieux, surtout lorsqu'il glisse un doigt sous mon sein.

À ce moment, je me sens belle, grâce à son regard, son expression, son impatience, son envie, son désir fou. Un désir qui m'enveloppe, telle une spirale. Il se penche, prend un téton en bouche et le suce. J'enfonce immédiatement mes doigts dans ses cheveux. Après une minute, il passe à mon autre sein, fait de même, et les admire. Ils sont maintenant roses et luisants.

— Voilà, c'est mieux.

Je lui jette un regard empli de désir. Je ne peux qu'acquiescer, ça vaut mieux. Pire encore, j'ai envie qu'il continue.

Sans détourner le regard, il prend la barre en métal et la tend vers ma poitrine. Il appuie sur un bouton, et elle s'ajuste en largeur de façon à ce que les cercles se placent exactement à la même distance que mes tétons. Grigg appuie doucement sur mes seins, avant d'attraper ma chair tendre pour que le téton soit bien au centre du cercle. Il fait de même pour l'autre.

J'observe. Cet étrange objet me fascine. Je connais les pinces à tétons à clips, qui serrent les tétons. Ils comportent parfois des bijoux ou des chaînes. Mais là… c'est différent. Une barre attachée comment ? Par aspiration ? Une sangle ? Je ne vois pas vraiment comment ça marche.

Il me dévisage.

— Ça va ?

Le métal chaud sur ma peau ne me fait pas mal du tout, alors j'acquiesce.

Il appuie sur un autre bouton au centre, et une lumière jaune pâle s'allume. Au même moment, l'ouverture des cercles sur les tétons se rétrécit de manière à ce que lorsque Grigg retire sa main, l'objet soit en place. La pression n'est pas trop forte, mais j'ai le souffle coupé. Mes mamelons tendres sont pressés doucement.

La lumière passe au jaune foncé.

— Ça y est, dit Grigg, en retirant sa chemise qu'il jette par terre.

Oh mon Dieu. Son torse large est hyper musclé. Ses épaules font le double des miennes, il a des tablettes de chocolat et son énorme queue est déjà en érection et prête à me posséder.

— Ça y est ? répété-je en regardant mes seins.

Ça ne fait pas mal, mais ça ne m'excite pas vraiment.

— C'est pas un vrai jouet, repris-je, étrangement déçue.

— C'est parce que je ne t'ai pas encore baisée, réplique-t-il.

Je fronce les sourcils alors qu'il se déshabille entièrement. Son armure gît sur le sol, et il pose quelque chose sur une petite sellette entre le fauteuil et le lit. Je ne sais pas ce que c'est, car son sexe en érection frétille, et je ne vois que ça.

— Le jouet, comme tu l'appelles, sent ton excitation, sent ce qu'il doit faire pour te faire atteindre l'orgasme et exercera une pression sur tes mamelons en fonction de ça.

Je regarde de nouveau l'objet à l'air inoffensif.

— T'es sérieux ?

Il sourit et s'avance vers moi. Il ôte le reste de mes vêtements, je suis nue. Il enlève mon soutien-gorge en faisant attention.

— Par les dieux, voyez-vous ça. Les hommes sur Terre t'ont déjà dit que t'étais bandante ?

J'ouvre la bouche, et je repense aux hommes que j'ai fréquentés par le passé. Aucun ne me vient à l'esprit ; je n'ai jamais ressenti avec eux ce que je ressens avec Grigg et Rav.

Il agite la main.

— Peu importe. Ne réponds pas. Ne pense pas à d'autres hommes quand je te touche, ou je serai obligé de te donner la fessée et de te pénétrer jusqu'à ce que tu te souviennes à qui tu appartiens.

J'ai envie de rire, mais je sens bien qu'il ne plaisante pas.

— Tu nous appartiens, Amanda. On est partenaires. Tu le sens, tu le sais.

Je rougis, ses paroles sonnent vraies et grâce au collier, je perçois cette flambée d'excitation qu'il ressent lorsqu'il me regarde. Les cercles autour de mes tétons se resserrent légèrement et je halète. La couleur de la barre passe à l'orange.

Il me fait un clin d'œil. Il sait que les pinces se sont resserrées.

— J'aime voir ta tête quand le jouet commence à titiller tes tétons tout durs. Je veux voir ton visage quand tu jouiras sur ma queue.

Je gémis. C'est justement ce que je voulais entendre.

Il s'assoit sur une chaise, les jambes grandes ouvertes, et fait craquer ses jointures.

J'avance vers lui. La sensation de cette barre étrange qui se resserre peu à peu entre mes seins commence à m'intriguer.

Il pose une main sur ma taille et m'attire vers lui. Je suis à califourchon sur ses hanches, mes seins au niveau de son visage.

Par petites touches, Grigg me lèche les seins à l'extérieur et à l'intérieur du cercle métallique. Le cercle se resserre.

J'enfonce mes doigts dans ses cheveux. Je veux qu'il garde mes tétons dans sa bouche. Je m'agite sur ses genoux, je frotte son sexe contre mon ventre. Son liquide pré-séminal enduit nos corps. Sa chaleur, la fameuse essence unificatrice comme il l'appelle, m'embrase, se répand en moi comme de la drogue. *C'est de la drogue*, et j'en meurs d'envie. J'en ai besoin. Ces quelques gouttes ne me suffisent pas. Je le veux tout entier, que son sexe s'enfonce de tout son long dans mon vagin et que son sperme se répande en moi.

— Et... et Rav ?

Je n'ai pas l'habitude d'avoir deux hommes. La procédure autorise-t-elle à ce qu'on ne soit qu'à deux ? Ils ne sont pas jaloux ?

— Il travaille. Tu es là, tu as besoin d'une démonstration de sex toy et d'une bonne bourre. On n'est pas constamment obligés de te posséder tous les deux. Tu dois nous trouver insatiables, prépare-toi à accueillir tes hommes matin, midi et soir.

Il pousse sur la barre entre mes seins avec son nez. Je laisse échapper un halètement et je lui tire les cheveux.

— Voyons si tu mouilles assez pour accueillir ma bite.

Il me repousse un peu, me saisit les hanches et pose mes fesses sur ses genoux. Il me prend les cuisses et écarte ses jambes. Ma chatte s'ouvre, il peut la regarder et me toucher facilement. Je pose mes mains sur ses épaules pour garder l'équilibre. Je sais qu'il ne me fera pas tomber, mais j'ai besoin d'un point d'ancrage.

— Ne bouge pas.

Aussitôt dit, sa main délaisse ma cuisse droite pour tâter ma moiteur. Je sais que je mouille. L'air rafraîchit ma peau sensible, là où mes fluides humectent les replis de mon vagin.

Il m'explore avec deux doigts, en me regardant droit dans les yeux. Je fixe ses yeux sombres tandis qu'il les enfonce doucement en moi, très très lentement. Son regard brille de luxure, d'envie, de désir, un regard qui m'excite énormément, encore plus que l'essence unificatrice de son sperme. Aucun homme ne m'a jamais regardée ainsi, comme s'il allait mourir s'il ne me baisait pas. Comme si j'étais la plus belle femme du monde. Son désir est contagieux, je me sens forte, même si je suis à ses ordres, sous sa domination. Et cette ambivalence me perturbe.

Je ferme les yeux.

— Non, Amanda. Ne détourne pas le regard.

Grigg me doigte d'un geste lent et sensuel qui augmente la sensation, mais ne me procure pas ce dont je meurs d'envie.

— Je ne peux pas... tu es trop...

Deux gros doigts touchent mon intimité, m'écartent, et la sensation me fait agiter les jambes. Mon Dieu, il me touche vraiment profondément.

— Trop quoi ? grogne-t-il.

Je secoue la tête, je n'ai pas envie ou je ne veux pas répondre. Je ne sais pas quoi faire, mon esprit s'emballe tandis que le jouet de téton tourne soudain au rouge vif, et je reçois une petite décharge électrique sur mon téton sensible. La pression augmente juste assez pour me faire gémir, comme un chatouillis électrique.

Grigg soupire, il enlève une main de mon sexe mouillé et l'autre de ma hanche. Elles me manquent immédiatement. J'ai soudainement froid, je me sens vide, seule. J'aime notre connexion charnelle, ça apaise mes sens. Je pourrais me lever et arrêter ce petit jeu, là, tout de suite. Mais non. Je reste en place, offerte et haletante, et je veux tellement lui plaire que ça me terrifie. J'ai encore envie. J'ai envie de tout ce qu'il voudra bien m'accorder.

Je suis passée d'espionne brillante et indépendante à une femme collante. Pourquoi lui ? Rav m'excite, je me sens en sécurité avec lui, désirée et comblée, mais Grigg me rend folle. Avec Grigg, je suis transcendée. Ça me fiche la trouille, plus encore qu'être tuée pendant une course poursuite, plus encore que la mort.

La compatibilité est de 99 %... elle est parfaite à tous points de vue. Les mots de la Gardienne Egara me hantent. C'était la seule explication possible. Le processus d'accouplement fonctionne comme prévu. Ce qui veut dire que Grigg m'appartient pour de vrai. Si c'est le cas, il doit être honnête et fidèle. Sinon, je ne voudrais pas de lui, il ne m'attirerait pas. Un personnage fait pour moi. Grigg n'est pas le genre d'homme à profiter de toute la population d'une planète, comme l'insinue Robert. C'est impossible. La CIA se serait-elle trompée ? Sommes-nous trop novices pour comprendre la Coalition, ou ai-je été droguée au point de refuser la vérité ?

— Tu m'as menti, Amanda.

— Hein ?

Entre ma chatte mouillée, mes tétons pincés, mon cœur qui bat à cent à l'heure et mon état de panique, je ne vois pas de quoi il parle.

— Tu m'as menti au sujet des sex toys. Tout comme sur de nombreux points, d'ailleurs.

Je suis nerveuse, j'essaie de refermer les jambes, mais ses mains se plaquent sur le haut de mes cuisses comme des étaux.

— Je ne vois pas de quoi tu parles.

Le soupir et la déception que je sens monter dans mon collier me brisent le cœur

— Que faisais-tu avec la boîte ?

— Rien. Je regardais.

Que dire d'autre ? *Oh, OK, Grigg, j'essayais de voir comment envoyer les godes anaux et les pinces à tétons électroniques sur Terre pour la CIA ?* C'est ridicule au possible, tout comme mon comportement. Je veux tellement obéir aux ordres que je suis prête à leur envoyer un échantillon du Kit d'Exercice Anal afin qu'ils le démontent et l'analysent ? C'est stupide. Et je ne suis pas une femme stupide. Je me trompe rarement sur moi-même, mais apparemment, je me suis bien mis le doigt dans l'œil depuis mon arrivée ici. Je me suis menti à moi-même et j'ai menti à mes partenaires.

Je garde le silence. Il se lève si vite que je n'ai pas le temps de dire ouf, et je me retrouve penchée sur les genoux de Grigg, le cul en l'air, tandis qu'il me maintient en place, une main sur mon dos. Il fait attention à la barre placée sur ma poitrine.

— Tu m'as encore menti.

— Non.

Je secoue la tête et regarde le sol, les yeux grands ouverts.

Sa main atterrit sur mes fesses, ça brûle, j'ai le souffle coupé.

— Qu'est-ce qui te prend ?

— Je te donne la fessée. Je t'ai déjà dit, partenaire, que tu serais punie si tu mentais à tes partenaires.

Sa main s'abat sur mon autre fesse cette fois, et pour une raison étrange, le côté gauche est plus sensible que le droit. Je me cambre et je crie tandis que l'agréable douleur envahit mon corps, mes cuisses, mon ventre, mon clitoris. La pince à tétons se resserre.

Pan !

Pan !

Grigg grogne, sa grosse main s'abat sur mes fesses, sa voix est rauque.

— Tes fesses sont parfaites, Amanda, si rondes. Si charnues. J'aime les voir remuer quand je te tape. J'aime leur façon de rebondir quand je te baise.

Sa dernière fessée me fait mouiller encore plus, la douleur cuisante se propage plus rapidement, directement dans mes tétons pincés.

Pan !

Pan !

Pan !

Je m'agite sous la pression des pinces, mes tétons sensibles se contractent, chaque impulsion envoie de l'électricité, qui s'accentue à chaque fois que Grigg me donne la fessée. Gauche.

Droite. Il me tape jusqu'à ce que je n'en puisse plus. Mon corps ne m'appartient plus.

Sa main sur mon dos me bloque, et je réalise que je n'ai nulle part où aller, pas d'autre choix que d'obéir, alors que le feu coule dans mes veines et que mes cuisses deviennent humides. Je pleure, non pas de vexation ou de douleur à cause de la fessée, mais de plaisir. Incroyable, parfaite, une délicieuse douleur. Mon Dieu, c'est vraiment n'importe quoi, mais je m'en fiche.

Je suis chaude bouillante, je vais avoir un orgasme, je n'en ai strictement rien à faire.

Mon esprit sombre dans la volupté.

Mon corps est soumis, impatient de ressentir la douleur de la prochaine fessée, de sa domination, et j'attends la morsure sensuelle qui me fera jouir.

11

Quand je cesse de ressentir le plaisir que me procurent ses mains, je gémis pour protester.

Je m'appuie au sol pour me redresser sur les genoux de Grigg.

— Arrête de bouger. Je n'ai pas terminé.

Je me raidis instantanément, totalement à sa merci. Ma chatte se contracte devant son air autoritaire. J'ai envie de sa queue. Maintenant.

Il prend un objet que je n'avais pas remarqué sur la petite table, un des plugs de la boîte.

Je baisse la tête, incapable de protester. J'ai vraiment envie de le sentir dans mon cul pendant qu'il me baise, si c'est ce qu'il compte faire, bien entendu. La luxure que transmet son collier m'enivre. J'ai envie de me sentir pleine, dilatée, possédée, comme hier soir.

Il étale rapidement du lubrifiant sur mes fesses et en enduit mon anus avec son doigt. J'ai le souffle coupé. Le plug est plus gros, plus large, il a un bout rond et un embout plat pour rester en place, il pourra me baiser en même temps.

Je sanglote à cette idée et j'attrape son mollet.

— C'est ça, partenaire. Tu m'appartiens. Ta chatte m'appartient. Ton cul m'appartient.

Je me tortille et m'empale sur le plug qui m'écartèle. Grigg l'enfonce doucement, en faisant attention, jusqu'à ce que mes muscles le fassent glisser profondément à l'intérieur de moi. Mon corps se referme sur lui, ne laissant dépasser que le bout qui le maintient en place. Je rugis, entièrement remplie. Je sens déjà la pression croître dans mon sexe, et je me demande comment je vais pouvoir accueillir sa queue en entier.

Est-ce que j'aurai mal quand il me baisera ? Pourquoi ai-je autant hâte d'éprouver ce mélange de douleur et de plaisir ?

— Prends-moi, Grigg. Je t'en supplie, dis-je en bégayant.

Mon partenaire m'administre une fessée, et le plug anal fait vibrer la claque jusque dans ma chatte. Je laisse échapper une plainte.

— Que faisais-tu avec la boîte, Amanda ?

Putain ! Encore ? Ma frustration atteint des sommets, les larmes me montent aux yeux.

— Rien, OK ? J'étais stupide.

Je suis sincère. Grigg a dû le sentir dans son collier, car il arrête de me taper, m'aide à me lever et m'emmène près du mur opposé au lit.

Il me met debout face au mur. Je frotte mes fesses endolories. Grigg a d'autres idées, car il me saisit les poignets. Je me tourne pour le regarder, son regard est si intense qu'il en devient presque noir.

— Non. Ta douleur m'appartient. Ton plaisir m'appartient.

Mon Dieu, c'est un vrai animal, sensuel et primitif, j'adore ça.

Il secoue doucement la tête.

— Ne te touche pas.

OK. J'avais oublié. Que suis-je censée faire, rester le cul en feu ?

Je n'ai pas le temps d'y réfléchir. Il ouvre un petit compartiment dans le mur contenant des menottes retenues à des pitons métalliques, à hauteur de mes épaules. En quelques secondes, mes poignets sont entravés par ces menottes version extraterrestre. Il me fait recule les hanches, pose sa main sur mon dos pour que je me baisse, les bras levés au-dessus de la tête, les menottes retenant mes poignets au mur. Le jouet attaché à mes mamelons pendouille, il se serre et se desserre avec un drôle de bruit d'aspiration que je n'avais pas remarqué.

Je viens à peine de récupérer que Grigg ouvre un autre espace de stockage sous le lit. Il en extrait une grande barre et une autre paire de menottes pour mes chevilles. Je ne me débats pas tandis qu'il m'écarte les pieds et les attache à la barre d'extension qui va m'empêcher de serrer les cuisses et lui permettre de faire ce qu'il veut.

Grigg

La punition a laissé des traces rouges sur les fesses nues de ma partenaire, le plug est bien en place, ce qui accroît son plaisir, son corps est prêt pour qu'on la possède, pour que nos bites la prennent en même temps. Ses chevilles sont menottées et grandes ouvertes, pour mon plus grand plaisir. Elle est penchée, les fesses en l'air, ses seins lourds se balancent, ses longs bras élégants touchent le mur, retenus par une autre paire de menottes. Ses cheveux d'un noir exotique contrastent avec sa peau pâle, elle est de toute beauté.

Nos colliers me transmettent son désir, sa réaction. Je la pousse, mais je le saurais si elle avait peur, si c'était trop pour elle. Ses émotions sont un mélange de débauche, de honte, de frustration et de désir, d'envie et de culpabilité. Il n'y a pas de crainte. Ma petite espionne humaine se dévoile, elle s'abandonne, mais ce n'est pas suffisant. Elle continue de lutter, et moi ? Je veux tout.

Elle est à moi. Tout entière. Chaque centimètre carré de son corps magnifique, doux, humide. Elle est trop bandante.

— À moi.

Je rugis et fais un pas en avant, ma bite se pose sur ses petites lèvres. Elle frissonne, et je la pénètre profondément, doucement, d'un seul coup, en lui tirant la tête en arrière par les cheveux de façon à ce qu'elle me regarde par-dessus son épaule, droit dans les yeux, tandis que je répète.

— À moi. T'es à moi, putain.

Sa chatte se referme sur moi comme un poing et je laisse échapper un grognement de satisfaction. Elle est toute mouillée, j'ai trop envie de la sauter. Son vagin se contracte immédiatement autour de ma verge.

Je garde une main dans ses cheveux, elle me dévisage tandis que j'instaure mon rythme. Je m'enfonce plus profondément en elle, je la soulève du sol à chaque coup de boutoir. J'aimerais me baisser pour exciter son clitoris, mais je préfère la baiser de toutes mes forces. Elle a du mal à supporter la pression exercée par le plug. Elle était déjà étroite, mais alors là, avec le plug...

Bon sang. Si étroite. Si humide. Si bandante.

Je lui tape sur les fesses, histoire de provoquer une sensation de brûlure sur sa peau endolorie, pour qu'elle se rappelle que c'est moi qui commande et qu'elle doit faire selon mon bon plaisir. En récompense, elle rugit et ondule des hanches pour m'accueillir plus profondément. Ses fluides enveloppent mon sexe.

Elle est au paroxysme, son envie que je la possède se répand en moi comme une traînée de poudre.

Il suffirait que je lui touche le clitoris pour qu'elle s'effondre dans mes bras. Mais non. Pas cette fois. Aujourd'hui, je veux éjaculer en elle, pour que l'essence unificatrice inonde nos sens, la force à jouir, inlassablement.

À l'idée de me répandre en elle, mes bourses se contractent, et j'éjacule avec un rugissement de bonheur.

Elle se tient bien droite, figée ou sous le choc, alors que mon sperme se répand en elle, affirmant ainsi mon emprise sur elle. Elle se retient. Pour moi.

— Je t'en supplie.

Elle attend, frémissante de désir.

Je ne lui ai pas donné la permission de jouir.

À ce moment précis, je ne sais plus où j'en suis. Je l'admire, je la trouve belle, intelligente, courageuse. Des émotions éblouissantes et humbles à la fois, je n'ai jamais ressenti ça auparavant. L'amour. C'est ça, l'amour.

J'appuie ma poitrine contre son dos et pose de doux baisers sur ses joues. Son visage est toujours tourné vers moi, et je la tiens toujours fermement par les cheveux. Un baiser, et je la libère.

— Jouis, mon amour. Maintenant. À ton tour.

Son corps explose et je l'attrape, j'enroule mon bras autour de sa taille pour la maintenir, je la cloue au sol tandis qu'elle explose en un million de morceaux entre mes bras. La vague se retire, je donne quelques coups de hanches et elle explose à nouveau. Deux fois. Trois fois.

Ma bite se raidit en elle, prête à la posséder à nouveau. J'y vais en douceur cette fois-ci, je bouge à peine tandis que sa chatte douce m'enserre étroitement, qu'elle me malaxe et me donne un plaisir si intense que je n'ai pas envie de quitter sa moiteur. Par les dieux, elle est parfaite.

Je lâche ses cheveux, je prends ses seins en coupe, j'enlève le jouet de mamelons pour pouvoir en profiter, je les tire et les tords, je les prends et les caresse tandis que son cul ondule contre mes hanches, que son dos élégant et doux à la fois se courbe sous mon torse.

Elle bouge trop. Je lui mords l'épaule pour qu'elle se tienne tranquille, un instinct primitif refaisant surface alors que mon sperme inonde son intimité pour la deuxième fois.

Elle jouit violemment et rapidement, et je ne la retiens pas. Je sais qu'elle ne peut pas lutter contre la puissance de mon sperme, c'est trop fort, trop intense. Elle ne peut que jouir. Ses cris se répercutent dans notre chambre, c'est la musique la plus douce que j'ai jamais entendue, je ne me lasserai jamais d'elle. Je ne l'abandonnerai jamais.

Pendant que nous reprenons notre souffle, je défais ses liens et lui retire doucement le plug anal. Ceci étant fait, je la prends dans mes bras et l'allonge sur le lit pour un repos bien mérité.

Elle se pelotonne contre moi comme un petit animal satisfait. Je caresse son dos en sueur, ses joues, chaque centimètre carré de sa peau, émerveillé par mon empressement. Elle ressent mes impressions grâce au collier, et j'en suis content. Mais je n'ai pas oublié que ma petite partenaire est une espionne à la solde de son gouvernement, envoyée pour nous infiltrer et me trahir.

Mais je m'en fiche. Elle est testée et approuvée. Même si les raisons de sa présence ici sont avérées, nous ne pouvons renier le lien qui nous unit. Elle m'appartient ; je dois simplement gagner sa confiance et sa fidélité. Le reste, on s'en fiche. Je veux qu'elle m'aime, mais je suis réaliste. Ça prend du temps, et je n'en ai pas. Les combattants de son monde arriveront d'ici deux jours. Pour la première fois, je regrette ma décision de leur avoir accordé le droit de voyager aussi rapidement sans m'être assuré au préalable qu'il n'y aurait pas d'espions parmi les soldats de la Terre. Je n'ai plus le temps de convaincre ma partenaire, nul doute qu'ils tenteront de la rallier à leur mode de pensée. Ils la pousseront à œuvrer dans l'intérêt de la Terre, et non pour le sien propre.

Son intérêt ? Être avec ses partenaires, les deux seuls mâles dans tout l'univers susceptibles de lui convenir en tous points.

Je l'enveloppe dans une couverture bleue toute douce, et la joie m'envahit lorsqu'elle pose son bras sur ma poitrine et entrelace ses jambes aux miennes. Elle ne pense à rien. Elle est heureuse. Ça rend accro, je serais prêt à tout détruire pour qu'elle reste ici, dans mes bras. Même si je m'y suis préparé, je sais que je vais tout gâcher.

— Amanda.

— Mmm ?

— Il faut qu'on parle.

Elle se contracte. Je suis vraiment idiot, mais il va falloir y passer. Je dois savoir la vérité. Elle *doit* me faire assez confiance pour me dire la vérité. Si ce que nous venons d'éprouver n'est pas la preuve du lien et de la confiance qui nous unissent, alors je ne vois pas.

— OK. De quoi veux-tu parler ?

Elle s'assoit, s'appuie contre la tête de lit et se pelotonne sous la couverture. Je me déteste. Pourquoi ne pas profiter de cet instant, la sentir douce et heureuse dans mes bras ? Cinq foutues minutes ?

Parce que je suis un commandant, responsable de milliers de soldats et de milliards de vies dans les mondes que nous protégeons dans cette zone spatiale. Je veux entendre la vérité de sa bouche, savoir si le lien qui nous unit est vraiment réel, si son objectif principal est toujours d'espionner pour sa planète, trahir la Coalition et moi avec.

Putain, je *veux* que sa seule mission soit d'être notre partenaire légitime à moi et Rav, d'accepter notre possession, de rester pour toujours.

Elle représente une menace tant qu'elle n'aura pas choisi son camp.

— Qu'est-ce qu'il y a, Grigg ? Tu es pensif.

— Rav a contacté la Gardienne Egara, sur Terre.

— Ah bon ? Pourquoi ?

L'angoisse la saisit ; Rav avait vu juste.

Je m'appuie contre le mur à côté d'elle, mais je ne me couvre pas. Je suis un guerrier, pas une chochotte. Mon sexe est à nouveau en érection, encore tout collant de son excitation et de mon sperme, alors ça prouve peut-être qu'elle compte pour moi, que je l'aime plus que je ne devrais en de pareilles circonstances.

— Il voulait en savoir plus à ton sujet, d'où tu viens, pourquoi tu as été choisie pour être la première épouse venue de ton monde.

Elle se mord la lèvre et plaque le drap contre sa poitrine. Ses articulations blanchissent.

— J'ai rien de spécial.

— Au contraire, envoyer un agent du gouvernement pour infiltrer et espionner un vaisseau extraterrestre est extrêmement intéressant.

Figée, elle cligne des yeux, et je ressens le choc et le soulagement dans mon collier.

— Pardon ?

— Tu as très bien compris, partenaire.

Elle secoue la tête.

— Je ne vois pas de quoi tu parles.

Je roule des épaules.

— Tu veux une autre fessée ?

— Non ! refuse-t-elle clair et net.

— Encore des mensonges, Amanda. Je ne veux plus de mensonges. Qu'as-tu envoyé à ta précieuse agence ?

Elle hausse les épaules. J'ai envie de crier victoire, je sens qu'elle va parler.

— Rien.

— Pourquoi es-tu là ?

— Écoute, cette Coalition Interstellaire, c'est tout nouveau pour nous. Nous n'avons jamais eu de preuve de la soi-disant attaque de la Ruche contre la Terre. On n'a même jamais eu de preuve de l'existence de la Ruche, bon sang. Vous arrivez sur Terre et vous exigez des femmes et des soldats contre votre *protection*.

Elle lève les mains, et ses doigts prennent une drôle de forme.

— C'est un peu tiré par les cheveux, et ça joue trop en la faveur de la Coalition. C'est comme le chantage exercé par la mafia en l'échange de protection.

Je n'ai pas la moindre idée de ce à quoi elle fait allusion, mais j'ai saisi l'essentiel. La Terre ne nous croit pas.

— La Ruche est bien réelle, Amanda. Je la combats depuis toujours.

Elle replie ses genoux sous son menton et appuie les bras dessus, puis tourne la tête vers moi et me dévisage.

— C'est ce que tu dis, Grigg. Si la menace est bien réelle, pourquoi ne pas donner des armes à la Terre pour qu'elle puisse se défendre ? Ou au moins, partager la technologie thérapeutique que j'ai vue ici. La technologie ReGen pourrait sauver des millions de vies à elle toute seule.

Le regard sombre d'Amanda est sérieux et interrogateur. J'aime cet aspect de sa personnalité, tout comme j'aime la séductrice sauvage qui se soumet à mes désirs sexuels en beauté. C'est le leader qu'il me faut pour mon peuple, la seule et unique Dame Zakar que je pensais ne jamais trouver.

Ma main tremble lorsque j'effleure sa mâchoire, ses traits fins. Elle ne se dégage pas, et me regarde avec cette intelligence tranquille que j'admire et que j'attends d'elle.

— Notre technologie de régénération peut sauver des millions de vies, mon amour, mais elle peut aussi en détruire le même nombre. Voilà pourquoi nous estimons qu'il n'est pas opportun de la partager avec les dirigeants de ton monde. Ils se chamaillent pour des questions de territoires et de religion, ils sont en guerre et tuent des dizaines de milliers de personnes alors qu'ils possèdent déjà la technologie nécessaire pour nourrir les affamés, soigner les malades, prendre soin de tous les citoyens de la Terre. Ils ne se respectent pas entre eux, n'éduquent pas leurs semblables, n'honorent ni ne protègent leurs femmes. Il faudrait être vraiment idiot pour donner des armes aussi sophistiquées à un peuple aussi primitif.

Je la regarde tandis qu'elle enregistre mes paroles, les considère comme vraies et les accepte. Je ne mens pas, nos colliers lui transmettent ma sincérité, tout comme le sien me renvoie ses doutes.

— Et la Ruche ?

Je pose un doigt sur sa lèvre inférieure, douce et pulpeuse, et elle me mordille.

— Je ne veux pas que ces enfoirés t'approchent. Si tu veux des preuves, je t'amènerai au poste de pilotage dans la matinée. Nos guerriers ont prévu de détruire l'une de leurs Unités d'Intégration. Je te montrerai ce que tu voudras bien voir, Amanda, mais tu ne trouveras pas ce que tu recherches.

— C'est à dire ?

— La confirmation que la menace n'est que pure invention. La Ruche est dangereuse et terrifiante. Nos guerriers préfèrent mourir plutôt qu'être capturés. Ils détruisent impitoyablement toute trace de vie sur leur chemin, comme seule une machine le ferait. Tu as des doutes, mon amour. Mais demain, tu seras terrifiée.

Elle lève le menton et repousse mes doigts.

— Comme ça au moins, je saurai la vérité.

Je secoue la tête et la prends dans mes bras, contre moi.

— Non. Tu la connais déjà. Tu sais que je dis vrai. Le monde d'où tu viens, les personnes pour lesquelles tu travailles - qui pensent que tu travailles pour elles - ne sont plus les tiens. Tu es une Prillon, désormais. Tu es une épouse guerrière de Prillon Prime, Dame Zakar. Je te dis la vérité. *Nous* sommes la vérité. *Tu* vis la vérité ici même, maintenant, avec nous. C'est juste que tu ne veux pas l'accepter.

Elle ne répond pas, que pourrait-elle répondre, d'ailleurs ? Elle ne peut pas argumenter, elle ne connaît qu'un seul son de cloche. Demain, lorsque je l'amènerai au poste de commandement, elle aura accès à toutes les informations nécessaires pour se forger sa propre opinion, et nous pourrons alors discuter.

Amanda se retourne et s'endort dans mes bras. Je contemple le plafond tandis que Rav rentre de son tour de garde. Il nous regarde, les sex toys encore par terre, et rit.

— Tu l'as sautée ?

— Elle m'a dit la vérité, réponds-je à voix basse pour ne pas la réveiller.

Rav est tout ouïe.

— Elle a avoué être une espionne ?

— Oui. Je l'amène au poste de commandement demain, et elle verra les éclaireurs frapper leur Unité d'Intégration la plus proche.

Rav grimace et se débarrasse de ses vêtements.

— Ça va la rendre malade. On a perdu une patrouille entière la semaine dernière.

Je sens la colère de Rav à travers le collier et Amanda s'étire. Elle l'a peut-être sentie dans son sommeil.

— Je sais. Mais notre partenaire humaine exige de connaître la vérité. Je le lui ai promis. Plus tôt elle saura, plus tôt elle sera des nôtres. Définitivement.

Totalement nu, Rav grimpe dans le lit derrière Amanda et caresse la courbe de sa hanche. Je sens son épuisement grâce à notre lien tandis qu'il se repose et ferme les yeux.

— Elle croit vouloir savoir. Mais ça va la terroriser, Grigg. C'est trop. On risque de la perdre.

— On la perdra de toute façon si elle ne voit pas la vérité en face.

Rav se laisse convaincre. Nous savons pertinemment à quel point notre belle partenaire peut être têtue.

— J'espère que tu sais ce que tu fais, Grigg.

— Parfaitement.

12

manda

JE N'IMAGINAIS PAS la salle des commandes du *Vaisseau guerrier Zakar* comme ça. J'ai vu *Star Trek* plusieurs fois et j'ai gardé à l'esprit l'image de rangées de fauteuils derrière un écran de contrôle, avec le commandant au centre assis sur son trône, tel un roi.

Foutaises.

La pièce est ronde, traversée par un couloir, et de nombreux écrans de contrôle descendent du plafond jusqu'au centre. Des écrans supplémentaires sont alignés sur le tiers supérieur du mur extérieur. La pièce fait la taille d'un petit café, et il y règne plus d'agitation que je ne l'imaginais. Les écrans montrent des planètes, les systèmes internes du vaisseau, des plans de vol et de communication, des rapports que je ne comprends pas et n'ai pas l'intention de comprendre. Les objectifs affichés sont apparemment contrôlés par des officiers de Grigg, situés sur le pourtour externe de la pièce. Environ trente officiers de tous grades confondus sont à leur poste ou courent dans tous les sens. La communication est précise et directe, les guerriers travaillent telle une mécanique bien huilée.

Certains portent l'armure noire des guerriers d'élite, les ingénieurs sont en bleu et ceux affectés à l'armement en rouge. Trois guerriers sont en blanc. J'ignore ce qu'ils font, mais je ne veux pas les interrompre en le leur demandant. La tension est palpable, l'énergie transite de mon partenaire à moi tandis qu'il se prépare à voir ses guerriers partir au combat.

La maternelle située quelques étages plus bas est l'extrême opposé de cette pièce. Elle représentait la vie. ... Ici, c'était la vie *et* la mort.

Ils n'en sont pas à leur premier combat, contrairement à moi. Mes paumes sont moites, je les essuie sur le doux tissu de ma tunique bleue tout en suivant Grigg comme un toutou. J'écoute tout ce qu'il dit, je regarde et enregistre tout ce que je peux. Certains détournent le regard de leurs écrans et me saluent avec déférence. Ces salutations les distraient, ainsi que Grigg. Mais il veut que je voie ça. À tout prix.

Je vois leur arsenal, le système de surveillance du vaisseau, des tableaux de navigation qui feraient baver d'envie tous les astrophysiciens et les ingénieurs de la NASA. Tout est là devant moi, Grigg ne me cache rien. Strictement rien.

— Commandant, le Huitième Escadron de Combat est en position. Navette de transport prête.

Grigg hoche la tête. Il m'a dit que les escadrons élimineraient toute forme de résistance chez l'ennemi pour récupérer les prisonniers capturés par la Ruche. Ils constituent la protection, l'essence même du vaisseau. Lorsque les prisonniers seront libérés, les combattants détruiront le petit avant-poste de la Ruche. Mon partenaire s'avance vers la seule chaise vide de toute la pièce. Il s'installe entre le contrôleur des armes en rouge et les ingénieurs en bleu et me fait signe de m'asseoir à ses côtés.

— Le Quatrième ?

— Prêt, Monsieur.

— Passez-moi le Capitaine Wyle.
— Oui, Monsieur.

Quelques secondes plus tard, l'écran situé devant moi affiche le visage d'un guerrier Prillon aux yeux jaunes, légèrement masqué par son casque de pilote.

— Commandant ?

Grigg se lève et s'avance.

— Wyle, quelle est votre position ?

Les yeux du capitaine suivent des données et des systèmes invisibles à nos yeux.

— On y est, Commandant. Je ne vois que trois patrouilleurs et pas de soldats. Ça va être du gâteau, Monsieur.

Grigg hoche la tête.

— Bien reçu, Capitaine. C'est votre mission. On vous suit d'ici. Allez-y.

— Bien reçu.

Le visage du capitaine disparaît de l'écran, et Grigg arpente la pièce d'un pas agité en marmonnant.

— Il y a quelque chose qui cloche. C'est presque trop facile.

Un guerrier impressionnant avec des manchettes dorées aux poignets, un seigneur de guerre Atlan, si mes souvenirs sont bons, se tourne vers Grigg depuis son poste d'artillerie.

— Vous voulez que je les rappelle ?

Grigg secoue la tête.

— Non, le Capitaine Wyle nous contactera.

— Tout est opérationnel, Monsieur. Les patrouilleurs n'ont pas détecté la présence de la Ruche sur la Lune. Seulement les Unités d'Intégration.

Le géant a les cheveux bruns, et parmi tous ceux que j'ai vus à bord du vaisseau, c'est celui dont la peau ressemble le plus à celle d'un humain. Il porte une armure noire, pas rouge, et vu ses yeux crispés et sa bouche tirée, je vois bien qu'il est mécontent d'être coincé là pour cette mission, tout comme Grigg.

— Je sais.

Grigg darde son regard sur moi. Je ressens son angoisse et sa tension nerveuse grâce au collier et à l'atmosphère qui règne autour de nous. La pression, l'intensité de ce qui va se dérouler. J'ai envie de le toucher pour lui assurer que tout se passera bien. J'ai vécu des situations bien plus effrayantes. Je ne suis pas une fleur fragile qu'on doit préserver et protéger. Je veux savoir ce qui se passe. Je dois savoir.

— Ça commence, dit un jeune guerrier vêtu de blanc, et tous regardent leurs panneaux de contrôle.

En quelques secondes, les multiples écrans s'éclairent de coups de feu et d'explosions, et le bruit assourdissant de la bataille emplit la salle. On dirait que les combattants ont des caméras embarquées sur leurs cockpits. Une douzaine d'écrans différents suivent les pilotes combattant les vaisseaux de la Ruche. Les explosions se font moins fortes, les communications s'échangent à toute vitesse, les voix des pilotes se déversent en un flot continu et j'ai du mal à comprendre.

— T'en as deux derrière toi.

— Feu ! Feu ! Feu ! J'en ai trois qui arrivent de derrière la Lune.

— Je les vois.

— D'où viennent-ils ? Putain. Je les vois pas.

— Wyle, je suis touché !

— Éjecte-toi, Brax ! Tout de suite !

Grigg rugit et l'un des hommes en blanc s'agite à son poste. Il communique avec quelqu'un que je ne vois pas. Il est obligé de s'interrompre, et Grigg se tourne immédiatement vers lui.

— Le vaisseau ?

— Non. Ils sont déjà à la surface. Prochain ramassage dans trois minutes.

— Putain. C'est pas assez rapide.

Grigg serre la mâchoire. Je sais qu'il pense que le guerrier est perdu.

Comme l'a prévu Grigg, une tête jaune brillante flotte dans l'espace telle une cible déferlant vers le pilote. J'arrête de respirer tandis qu'il est absorbé par cette sphère, et ses cris de souffrance résonnent dans la petite salle alors que les vaisseaux des guerriers autour de lui passent à l'action et attaquent le vaisseau de la Ruche qui a fait feu.

— Tuez cet enculé !

— Brax ! Putain de merde !

— Quatrième en avant, d'autres arrivent de la surface.

— Putain. Combien ? Je vois rien.

— Moi non plus. Attends. Bon sang. Dix. Non, douze. Merde, quelqu'un peut confirmer qu'ils sont bien douze ?

— Encore trois. Annulé. Y'en a trop.

Je reconnais la voix du Capitaine Wyle. Il poursuit :

— À tous les équipages, dégagez. Immédiatement. Tous les combattants en formation de défense. On quitte ce merdier. Commandant Zakar ? Ici Wyle.

— Je suis là.

— Ça chauffe. On ne voit rien sur nos écrans radar et on a quinze combattants à nos trousses.

— Bien reçu. Tenez bon. On arrive.

— Putain, dépêchez-vous, Commandant, sinon on est tous morts.

Grigg se tourne vers l'un des guerriers en rouge.

— Grouillez-vous avec la Septième et la Neuvième. Maintenant. Tous les pilotes. Ils doivent avoir décollé d'ici soixante secondes.

Le guerrier ne répond pas, se tourne vers son écran et parle tandis que des lumières et des alarmes retentissent dans la salle des opérations.

Les écrans font des contre-plongées et des zooms à toute vitesse, et j'ai la tête qui tourne. Heureusement que je me tiens au fauteuil, car je commence à avoir la nausée. Déterminée à ne pas détourner le regard, j'essaie de suivre et de comprendre les images qui défilent à une allure folle. Je me sens inutile et faible. J'essaie d'imaginer ce que Grigg doit ressentir, avec ses hommes dehors, sous ses ordres, là où la bataille fait rage. En train de mourir.

On entend les pilotes communiquer entre eux, essayer d'échapper à leurs poursuivants. Des bravos se font entendre quand les renforts arrivent et que les combattants de la Ruche battent en retraite et partent dans la direction opposée, vers l'enfer d'où ils viennent.

Le Capitaine Wyle parle à voix forte et claire :

— Ils détalent, Monsieur. On les prend en chasse ?

— Négatif. Je veux que vous découvriez pourquoi on a été pris par surprise par tout un putain d'escadron de vaisseaux éclaireurs.

— C'est noté, Monsieur.

L'ambiance dans la salle se mue en un fourmillement acharné, un soulagement après l'explosion. Appuyée au dossier du fauteuil, mon pouls s'accélère et mon esprit tourne à cent à l'heure tandis que les pilotes font leur rapport. Le combat était bien réel. Brax, le pauvre pilote, est mort. Ma curiosité n'est pas satisfaite pour autant. Je veux voir le visage de l'ennemi, je veux *savoir* qui ils sont.

Je suis si tendue que j'ai presque envie de vomir. En partie à cause de moi, mais également à cause de Grigg. Son énergie et sa colère ont déferlé dans mon collier telle une vague scélérate, une haine si viscérale que j'ai du mal à la comprendre. Grigg *déteste* la Ruche de tout son être. Et j'avais douté de l'existence de cette guerre. J'avais douté de *lui*.

En apparence, le visage de mon partenaire est imperturbable, aussi dur que du granit. J'admire cette façade, le sang-froid magistral nécessaire pour endiguer la tempête qui s'insinue en moi. Mon admiration pour lui grandit tandis qu'il rassure l'équipage de sa voix calme et rassurante. Sa force a permis de limiter la casse, lui seul a droit de vie ou de mort sur le vaisseau lorsqu'ils se battent pour sauver leur peau dans l'espace.

Le guerrier en blanc se tourne vers Grigg.

— Le rapport de navigation indique que deux survivants capturés par la Ruche ont été ramenés à bord, Monsieur.

Grigg contracte les épaules. La douleur qui m'envahit via

notre lien est une blessure sourde et profonde, comme un os brisé qui refuserait de guérir. En apparence ? Il ne montre rien, pas le moindre battement de cil ni froncement de sourcils. J'ai envie de le consoler, de le prendre dans mes bras.

— Prévenez l'infirmerie.

— Bien, Monsieur.

Grigg se tourne vers moi et me prend la main. Il est tendu. Tout son corps se contracte.

— Tu veux voir le visage de notre ennemi, le comprendre ?

— Oui.

Je glisse ma main dans la sienne tandis qu'il se lève et m'aide à faire de même.

Il soupire. Ses lèvres se pincent, menaçantes.

— D'accord, Amanda. Mais voir le combat est déjà assez pénible comme ça. Suis-moi, mais tu ne pourras pas dire que je ne t'ai pas prévenue.

Je marche à ses côtés tandis qu'il s'adresse à un immense guerrier :

— Trist, je te confie les commandes.

— Bien, Monsieur. Dame Zakar, je suis très honoré.

— Merci.

Le guerrier géant s'incline sur notre passage. Grigg me guide dans le couloir, ma main toujours dans la sienne. Le sentir me rassure. J'espère que mon contact l'apaise.

— Où va-t-on ?

— Au bloc.

———

Conrav, Bloc Numéro Un

Je frissonne alors que les guerriers contaminés ayant survécu à la période passée sur la Ruche descendent en vitesse de la navette, sur des civières.

On va essayer de les sauver. On essaie *toujours* de les sauver.

— Docteur Rhome ?

— Oui.

Ce docteur fort sympathique a été transféré ici après que son fils a péri en combattant dans le Secteur 453. Il a vingt ans de plus que moi, et il a vu plus d'Intégrations de la Ruche que je ne peux imaginer.

Les deux corps s'agitent et tentent de défaire les liens qui les attachent aux tables d'examen. Il y a deux jours à peine, c'étaient de jeunes guerriers Prillon en pleine fleur de l'âge, qui se sont perdus lors d'une mission d'éclaireurs. Et maintenant ?

Ils sont toujours guerriers, mais n'ont plus aucun souvenir de leur passé. Leurs personnalités ont été effacées par ce qu'on m'a décrit comme un bourdonnement mental. Comme tous les guerriers, ils sont costauds, et grâce aux nouveaux implants de la Ruche, ils sont plus forts que nos guerriers Atlan version berserker. Les microscopiques bio-implants intégrés dans leurs systèmes musculaire et nerveux les rendent plus forts, plus rapides et plus difficiles à tuer que nous, inférieurs du point de vue biologique.

Putain de Ruche.

— Vous prenez lequel ?

Le Dr Rhome hausse les épaules.

— Celui de droite.

Je hoche la tête et demande à l'équipe de conduire le patient au bloc. Je tourne à gauche avec ma propre équipe et le guerrier qui porte toujours le collier orange foncé propre aux partenaires Myntar.

Putain. Je le connais.

La porte du bloc coulisse, et je pressens qui se trouve derrière avant même de voir Grigg et Amanda. Je fais signe à mon équipe de chirurgiens de préparer le guerrier pour le bloc et jette un coup d'œil à Grigg.

— Elle n'a rien à foutre ici. T'es devenu taré, ou quoi ?

Elle n'est pas guerrière, ni docteur. Elle ne doit pas voir cette douleur, la réalité bouleversante de la guerre.

Grigg me lance un regard glacial et insistant.

— Il faut qu'elle voie ce qui nous arrive, ce qui arrivera à la Terre.

— Non.

Je me tourne vers ma partenaire aux doux yeux marron, si innocente, si têtue.

— Non, Amanda. Je te l'interdis. Tu ne dois pas voir ça. Je parle en tant que ton second. Mon unique souhait est de te protéger de tout ça.

Le guerrier contaminé à ma droite pousse un rugissement furieux tandis que l'équipe de chirurgiens lutte pour l'endormir afin d'extraire le processeur que la Ruche lui a implanté. Le bruit fait sursauter Amanda, et je secoue la tête. Si le guerrier survit, il sera envoyé à la Colonie pour vivre en paix jusqu'à la fin de ses jours.

La plupart ne survivent pas.

Je ne veux pas qu'elle voie cette souffrance absolue, qu'elle soit souillée par cette pourriture de Ruche.

— Non, Amanda.

— S'il te plaît, Rav ?

Elle me regarde d'un air implorant. Elle a envie non pas de voir la dureté de ce que la Ruche nous inflige, mais de connaître la vérité.

— Je dois voir ça de mes propres yeux, ajoute-t-elle.

— Non, répété-je.

Mon premier instinct est de protéger ma partenaire, il est hors de question qu'elle voie ces enfoirés crever sur le brancard.

Grigg gronde, et je sais que je vais détester ce qu'il va dire. Je n'ai pas tort.

— Montre-lui, Rav. C'est un ordre.

— Fait chier, dis-je en secouant la tête. Je te déteste, putain.

— Je sais.

Je ne peux pas le regarder puisque je me consacre à mon

équipe. J'ignore également Amanda. Elle et Grigg me suivent comme deux ombres.

Le guerrier est attaché à la table d'opération grâce à des liens spécialement créés pour l'occasion. Les implants de la Ruche décuplent leurs forces, alors on a dû créer de nouveaux alliages pour les maintenir.

Le Dr Rhome prépare son guerrier. Son sort va se jouer d'ici les prochaines minutes. Je ne pense plus à lui. Il est entre les mains de mon collègue, désormais. Je dois m'occuper de mon propre patient.

Le guerrier sur la table devant moi a la peau argentée du cou jusqu'au visage et aux tempes. Pour une raison qui m'échappe, la Ruche a épargné son front et ses cheveux. Son bras gauche est entièrement robotisé. Des compartiments s'ouvrent et se ferment, des petits gadgets et des armes cherchent leur cible. Ses jambes semblent normales, mais le seul moyen de s'en assurer est de le déshabiller entièrement et de procéder à un examen complet.

Il ne tiendra pas plus de cinq minutes.

— Endormez-le, maintenant.

— Oui, Docteur.

Amanda se dandine d'un pied sur l'autre. Je ne peux pas la regarder. Mon patient se débat et hurle, avant d'émettre un borborygme inintelligible. Le bruit s'atténue et les appareils de surveillance sur le mur indiquent qu'il est inconscient.

— Retournez-le.

Quatre membres de l'équipe se dépêchent d'obéir, des visages que je connais et en lesquels j'ai confiance, des visages qui ont déjà vécu cet enfer. Un éternel recommencement.

Je regarde par-dessus mon épaule et demande à un membre de l'équipe de nous rejoindre. La jeune femme, nouvellement accouplée et encore ignorante des horreurs de cette guerre, s'empresse de me rejoindre.

— Oui, Docteur ?

— Informez le Capitaine Myntar en personne que son

second a échappé à l'Unité d'Intégration de la Ruche pour être admis au bloc numéro un.

Le Capitaine Myntar comprendra à demi-mot et fera en sorte de garder sa partenaire, Mara, à l'écart pendant un bon moment.

— Il est en salle des commandes, dit Grigg. Putain de merde.

Elle se dépêche d'aller informer l'homme qui se situe juste au-dessous de nous hiérarchiquement lorsqu'Amanda met la main devant sa bouche et dit :

— Myntar ?
— Oui.

Amanda a le souffle coupé, je me tourne vers elle.

— Ça va ?
— Oui, c'est juste que... Mara. Je la connais. C'est le... C'est le partenaire de Mara ?

Je regarde Grigg dans les yeux. Il acquiesce. Le temps des secrets et des mensonges est révolu. Je lui réponds avec douceur :

— Oui. Il s'agit du second partenaire de Mara.
— Oh, mon Dieu.

Grigg la guide vers le fond de la salle d'opération en la tenant par la taille. Je tourne toute mon attention vers le guerrier allongé sur le flanc, entre la vie et la mort. Mon équipe découpe l'armure qui recouvre sa colonne vertébrale. La nouvelle cicatrice est parfaitement visible, elle mesure environ douze centimètres à gauche de sa colonne, non loin du cœur.

— Un champ bio-intégré ? demandé-je en me postant derrière lui.

— Activé et entièrement opérationnel, Docteur.

Le champ magnétique qui enveloppe son corps évitera les infections ou les maladies nosocomiales lors de l'opération. Je détends mes épaules, pour essayer de relâcher la tension qui m'enserre comme des vis microscopiques. Il y a des jours où je déteste ce putain de boulot. Un docteur ce n'est pas ça, ça soigne les maladies, mais je deviens un vrai boucher, un meurtrier.

Je n'ai pas abattu d'éclaireurs de la Ruche ni tué à mains nues sur le champ de bataille, mais mes choix ont causé la mort de beaucoup d'entre eux, dans cette salle où l'on est censé soigner. Et le pire, c'est que je suis persuadé qu'ils me remercieraient tous s'ils le pouvaient.

On m'enfile une paire de gants de chirurgien et on place le scalpel à ions sur une desserte située sur ma gauche. Couper, c'est barbare, voire cruel, mais c'est le seul moyen d'enlever les corps étrangers implantés par la Ruche dans nos guerriers, nos femmes et nos enfants.

— OK, on va extraire ce maudit truc.

— Son état est stable.

J'acquiesce et prends le scalpel à ions. Je l'élève au niveau du dos de Myntar, puis j'incise doucement, couche après couche, jusqu'à ce que j'aperçoive les os le long de sa colonne vertébrale. Mais ça ne suffit pas. Je continue à découper l'os jusqu'à atteindre la petite sphère reliée à sa moelle épinière. D'innombrables filaments microscopiques vont jusqu'à ses nerfs, le long de sa colonne vertébrale, nichés au creux de son système nerveux. Pour le contrôler.

Nous appelons cet appareil étrange le processeur noyau ; dans la Ruche, du simple éclaireur au soldat d'élite, personne ne peut fonctionner sans lui. Une fois retirés, les esprits des individus y restaient piégés, et le bourdonnement continuel qu'ils enduraient en tant que membre de la collectivité se taisait.

C'est le seul moyen de l'enlever. On a tout essayé depuis des siècles. Couper. Déchirer. Arracher. Mélanger le métal. Par la force ou la douceur, le résultat est le même.

L'homme vit ou trépasse en l'espace de quelques minutes, une séquence d'auto-destruction activée par les implants qui restent disséminés dans le reste du corps de la victime. Ce n'est pas beau à voir, et la victime souffre.

— Je le vois, Docteur.

— Oui.

Je pose le scalpel et enfonce mes doigts dans les entrailles du guerrier. Ils se referment autour de la sphère métallique grande comme le quart de mon poing.

— Vous êtes prêts ?

Un chœur de « oui » me répond. Je serre les dents et tire. De toutes mes forces.

13

manda

La main de Grigg me maintient debout. Le *partenaire* de Mara. Le deuxième père du petit Lan. Sa famille est sur le point de voler en éclat devant moi. Je peine à imaginer ma douleur si je voyais mes partenaires sans défense et en charpie sur cette table.

Je ne sais pas vraiment ce qu'ils font au guerrier Prillon, mais l'ambiance tendue qui règne dans la salle et les visages contractés ne présagent rien de bon. J'ignore les bruits de la deuxième équipe de chirurgiens qui travaille dans la salle sur l'autre guerrier. Il a probablement une famille, lui aussi. Des gens qui l'aiment. Je préfère ne pas savoir. Ce que je vois ici me suffit.

L'homme est forcément un guerrier Prillon, ça se voit avec ses cheveux blonds, sa carrure athlétique et son front or foncé. Mais le reste de sa peau est d'une couleur argentée et brillante. Avant qu'ils ne démontent tout son bras gauche, on aurait dit un robot de film d'horreur. D'étranges petits appareils s'échappent de sa chair en cliquetant, avant de claquer dans le vide ou de vrombir telle une mouche folle qui taperait contre la vitre sans pouvoir sortir.

C'est étrange et triste à la fois.

— Que lui ont-ils fait ? demandé-je en chuchotant à Grigg, car Rav est totalement absorbé par son patient, et je ne veux pas le déconcentrer.

— Ils veulent d'autres races, nous implanter leur technologie pour réguler nos organismes. Le processeur que Rav extrait de son dos fait partie intégrante de sa moelle épinière. C'est un élément de synthèse qui croît et se propage petit à petit dans le corps, jusqu'à atteindre le cerveau. Et là, tout espoir s'envole.

— Je ne comprends pas.

Je refuse de regarder ailleurs alors que Rav incise le dos du guerrier. Je me penche plus près et j'aperçois l'éclat d'un étrange objet argenté, naguère relié à la colonne vertébrale de cet homme. *Le processeur.* Ça fait très extraterrestre, et bien plus dangereux que tout ce que j'ai pu voir.

Grigg pose la main sur ma nuque et je croise mes bras sur ma poitrine. Je lutte contre la répulsion qui s'empare de moi.

— Rav va l'extraire. On sera fixé d'ici quelques minutes.

— C'est-à-dire ?

— Soit il se réveille de sa léthargie et retrouve la mémoire, auquel cas, on file au caisson ReGen pour réparer sa moelle épinière.

— Sinon ? dis-je en donnant un coup d'épaule à Grigg, même si j'apprécie les doigts vigoureux qui me massent la nuque.

— Sinon, il s'autodétruira.

J'ai le souffle coupé.

— Quoi ?

Qu'est-ce que ça veut dire ? Je veux poser une autre question, mais j'abandonne l'idée en voyant Rav bander ses muscles, se tenir au bord la table et arracher la sphère argentée du dos du guerrier en un mouvement violent de l'avant-bras.

— On maintient les fonctions vitales ! aboie Rav.

L'un de ses assistants en uniforme gris se précipite vers une petite boîte noire. Rav y dépose la sphère argentée, et ses filaments fins comme des cheveux qui volent au vent s'agitent comme s'ils cherchaient à s'emparer d'un autre corps.

Ce truc est plus immonde que les cafards monstrueux que je retrouvais dans l'évier de mon appart pourri à la fac.

L'officier referme le couvercle et se rue sur une station S-Gen au centre du service de médecine. Il place en vitesse sa main sur le scanner, et je pousse un soupir de soulagement lorsque la lumière verte s'allume. L'horrible sphère argentée disparaît pour toujours dans la boîte, ou du moins, je l'espère.

Je me tourne vers Rav, qui a bientôt terminé. Il passe une petite baguette ReGen sur la cicatrice qu'il a faite dans le dos du guerrier.

— Combien de temps ?
— Deux minutes.

Rav a l'air si triste, si résigné, et je ressens sa colère et son impuissance grâce au collier. Rav pense que le guerrier ne survivra pas.

— Mettez-le sur le dos. Voyons s'il se réveille.

Ils s'en occupent tandis que Rav prie et que je me mords les lèvres. J'ai hâte de voir ce qui va se passer. Les gadgets sur le bras du guerrier sont désactivés, et je me demande ce qui lui arrivera s'il survit.

Rav me regarde, et ses yeux, tout comme ceux de Grigg, ne me cachent rien. Il me laisse tout voir, sa douleur, sa colère, ses regrets de ne pouvoir faire plus. Je le *sens*.

— S'il survit, j'en enlèverai un maximum. Mais les dégâts sont majoritairement microscopiques, les implants biologiques sont trop petits pour les localiser ou les extraire, ils ont envahi ses muscles, ses os, ses yeux et sa peau, pour le rendre plus fort, plus rapide. Sa vue est plus perçante, sa peau résiste à des températures extrêmes.

— Il est... Je peux...

Putain, je ne sais plus ce que je veux dire, mais je veux voir de plus près.

Grigg s'en ouvre à Rav, qui acquiesce, avant de pousser un soupir. Il réalise qu'il ne pourra vraisemblablement pas me protéger du pire.

— Vas-y, Amanda. Regarde bien ce que peut faire la Ruche.

J'avance, les jambes en coton, et je refuse l'aide de Grigg. Je dois voir par moi-même. Il le faut.

Quatre à cinq pas, et me voici près de la masse imposante du guerrier inconscient. Il a l'air paisible, son étrange visage argenté est détendu. Je fais le tour de la table d'examen, je regarde tout, les étranges pièces métalliques attachées à son bras, sa peau argentée, son manque total de réaction lorsqu'ils l'ont retourné. Il est fou, incohérent. Il n'a plus rien à voir avec... Avec quoi ? Un être humain ? Mais ce n'est pas un humain, n'est-ce pas ?

C'est un extraterrestre. Un guerrier Prillon que j'aurais, hier encore, qualifié d'ennemi. Un envahisseur. Un arnaqueur.

Mais c'est le partenaire de Mara. Un père. Un soutien de famille. Un guerrier qui veut la paix, comme n'importe quel soldat sur Terre.

La honte s'empare de moi lorsque je pense à la petitesse de la Terre, à nos prétentions et à la façon dont nous surestimons notre intelligence.

Je regarde mes partenaires, et mes regrets, ma compréhension volent vers eux grâce au lien qui nous unit.

— Si vous saviez combien je suis désolée. Je ne savais pas.

Ils se balancent d'un pied sur l'autre, comme s'ils se demandaient quoi me dire maintenant que je ne les combats plus, que je ne nie plus la véracité de ma nouvelle vie. Voir le partenaire de Mara ainsi m'a remis les pendules à l'heure. Peu importe les doutes de la Terre, ce n'est plus mon affaire. Je connais la vérité. Je l'ai vue nue et crue. J'ai confiance en la Coalition. J'ai confiance en mes partenaires.

J'aimerais contacter l'agence le plus rapidement possible pour leur dire ce qui se passe ici. La vérité.

L'interphone bipe dans le bloc, et je reconnais la voix du Capitaine Trist.

— Commandant, on a besoin de vous en salle des commandes. Des vaisseaux éclaireurs de la Ruche nous arrivent dessus en provenance de trois systèmes.

Grigg me regarde, et je lui adresse un signe de tête en guise d'au revoir. Je vais bien. Ils ont besoin de lui pour nous protéger tous. Pendant que Rav sauve des vies au bloc, Grigg sauve des vies en commandant, en gouvernant. Il dirige le vaisseau, l'escadron. Il nous dirige tous.

— Vas-y. Ils ont besoin de toi.

Il hoche la tête, tourne les talons et me laisse avec Rav.

Le guerrier survivant remue. Il laisse échapper un petit gémissement tandis que je m'approche. Il ouvre les paupières, et j'écarquille les yeux en voyant ses iris briller d'un éclat irisé. On dirait les photos d'une éclipse solaire.

— Mara.

Le guerrier réclame sa partenaire. Il me dévisage. Je n'ai aucune ressemblance avec sa grande femme orange doré.

— Elle arrive.

— Mara !

Il se cambre, et je lui presse instinctivement la main pour le rassurer. Il me broie les doigts, mais je ne les retire pas et je pose mon autre main sur son front.

— Chut. Ça va aller. Mara va venir.

— Mara.

Il défaille, son regard vissé sur mon visage, mais c'est une autre qu'il voit tandis que j'ôte ses cheveux de son front, en une caresse que j'espère apaisante.

Un frisson lui parcourt les membres. Rav se précipite, il m'éloigne du guerrier qui s'agite et se tord de douleur sur la table.

— Qu'est-ce qu'il a ?

— Il est en train de mourir.

Rav me serre contre son torse, mais il ne me force pas à détourner le regard. Je *ne peux pas* regarder ailleurs. Les gadgets sur son bras grésillent comme si on avait versé de l'acide sur du métal, son corps se consume de l'intérieur. Sa chair se boursoufle et bouillonne.

La nausée monte en moi. Je ravale ma bile tandis que son thorax s'effondre, que sa poitrine implose ; c'est pire que la plus horrible des scènes de film d'horreur que j'ai jamais vue. Les larmes ruissellent sur mon visage. Rav me maintient debout et m'empêche de regarder en plaçant son corps massif, chaud et rassurant entre moi et la scène d'épouvante qui se déroule sur la table derrière lui.

— Amanda, ça suffit.

Je respire contre lui, je tremble comme une feuille. Je voulais savoir, je suis fixée maintenant. Puisse Dieu avoir pitié de moi.

L'odeur de la chair brûlée du guerrier m'emplit la tête, et j'ai un haut-le-cœur, désespérément agrippée à l'uniforme de Rav.

— J'arrive plus à respirer.

— Sortez-le d'ici avant que ses partenaires arrivent, ordonne Rav par-dessus son épaule en m'entraînant hors de la salle.

Je trébuche avant qu'on atteigne la porte, alors il me soulève dans ses bras et me mène dans la petite salle de soins où nous nous sommes rencontrés, moi, lui et Grigg.

La porte se referme, je tremble.

— Allez, partenaire. Ça va aller.

— Il… il a implosé.

Rav pousse un juron.

— Je suis désolé, Amanda. Je t'avais prévenue.

Rav l'attentionné. Il s'est disputé avec Grigg pour que je ne regarde pas. Il savait que ce serait pénible, ils le savaient tous les deux.

Rav s'assoit dans un fauteuil. Il me prend sur ses genoux, et je me concentre sur son odeur, sa chaleur, sur ses bras qui m'enlacent. Je m'agrippe à sa chemise comme à un roc. Je respire contre lui jusqu'à ce que la nausée s'estompe, que j'y voie clair.

— Non. Il fallait que je sache. Je devais le voir de mes propres yeux.

Je me penche et l'embrasse dans le cou, les bras passés autour de sa taille. J'appuie ma joue contre sa poitrine. Je me colle à lui, j'ai peur qu'il retourne à son poste, comme Grigg. Mes partenaires ont tant de vies entre leurs mains. Que suis-je pour eux ? Rien. Un divertissement. Une femelle faible qui, en cet instant, vendrait son âme pour être dans les bras de l'un de ses partenaires, tout simplement.

J'ai peut-être vendu mon âme, en fin de compte. On ne m'a pas accouplée parce que je désirais mes partenaires. On m'a accouplée parce que je suis une espionne. Depuis des années. Blottie contre Rav, je m'aperçois que j'ai vendu mon âme il y a fort longtemps. Je n'ai rien ni personne dans ma vie. Je suis mariée à mon boulot, incapable de faire confiance par peur d'être blessée. Mais désormais, j'ai Grigg et Rav. Rav est *si* bon, si fort et bien réel. Beaucoup plus agréable que le petit confort du gouvernement des États-Unis.

— Tu as vu ça combien de fois ? Ça arrive souvent ?

— De voir mourir un mec bien ?

— Oui.

— Myntar est le deux cent soixante-treizième. En général, ceux qui sont capturés par la Ruche ne récupèrent jamais. On finit par les achever au front, pas ici, au bloc, marmonne Rav.

Mon esprit fonctionne à toute allure. Il enregistre tout ? La vie est donc si précieuse pour lui qu'il refuse d'oublier ?

— Ça ne me fait pas plaisir que tu aies vu ça, ajoute-t-il.

Je soupire et respire tout contre lui.

— Je sais. Je suis désolée d'être aussi têtue. Je ne suis personne, Rav. Les gens ont tant besoin de toi et de Grigg. Ma place n'est pas ici. Je ne suis qu'une distraction pour vous. Je vous dérange. Mon Dieu, je suis désolée. Pour tout.

Rav glisse sa main sur ma nuque, sa paume immense effleure ma mâchoire, et il me soulève le menton.

— Ne t'excuse plus jamais. Tu es parfaite. J'aime ton côté volcanique, ton caractère. J'ai besoin de toi, partenaire. Grigg a besoin de toi. Sans toi, on est perdus.

Perdus ? C'est risible. Leurs vies à eux avaient un sens.

— Non, Rav. Vous êtes tous les deux si forts, vous endossez tant de responsabilités. Vous n'avez pas besoin de moi, je vous dérange. J'ai été bête. Je vous complique la vie.

Il approche ses lèvres des miennes pour y déposer de doux baisers, qui n'ont rien de sexuel. Sa bouche est chaude et douce. Les larmes me montent aux yeux en sentant sa totale admiration, son adoration et son besoin désespéré d'être aimé grâce au collier. La mort de Myntar l'attriste, lui aussi, mais il ne le montre pas. J'ai la chance de porter ce collier, de pouvoir ressentir sa peine, son désir pour moi. Il se détend, il m'aime.

— Conrav, chuchoté-je.

Les doigts enfoncés dans ses cheveux, je l'attire contre moi, presse son visage contre mon cou. Il a besoin d'être chouchouté, mon immense partenaire guerrier. Il a vraiment besoin de moi, il ne le dit pas seulement pour me rassurer ou me convaincre de rester.

Je le garde contre moi, et je lui caresse les cheveux pour l'apaiser, pour l'aimer de mon mieux. Ses mèches d'un blond pâle ressemblent à des fils de soie entre mes doigts.

— Tu as les cheveux doux.

Je glousse lorsque sa main monte et descend tendrement le long de ma colonne vertébrale.

— J'ai besoin de toi, Amanda. On a tous les deux besoin de toi. On ne sait pas exprimer ça avec de simples mots. Remercions les Dieux d'avoir ces colliers.

Il m'embrasse, et poursuit :

— Oui, j'adore te baiser, j'adore ton corps, ta chatte moite, tes gémissements quand on te fait l'amour, mais il y a autre chose. J'ai besoin de toi aussi comme ça, douce et tendre. J'ai besoin de sentir ton amour m'envelopper et apaiser ce feu qui dévore mon âme. Pour me guérir, même si je ne suis pas blessé. J'ai besoin de te sentir, comme là, maintenant. Grigg en a encore plus besoin que moi. Sa colère est volcanique. On a besoin de toi. Amanda, je t'en prie. Ne pars pas.

Je n'ai jamais envisagé de rester pour toujours, même lorsque j'ai appris que je ne pourrais plus rentrer chez moi. Je n'aime pas l'idée d'être scotchée à mes partenaires, de m'engager. Mais ils me comblent. Je dois être libre de choisir. J'ai consacré toute ma vie à mon travail. Je n'ai pas eu le choix. Mais la voie est libre. À ce moment précis, je sais, sans l'ombre d'un doute, quelle sera ma décision.

— Je ne vais nulle part. Tu es à moi, Rav. Toi et Grigg êtes à moi.

Ma voix est plus assurée maintenant que j'ai pris ma décision. Plus ferme.

— Je dois contacter la Terre pour leur dire ce que j'ai vu. Ils doivent connaître la vérité.

— Ils n'écouteront pas, dit Rav en levant la tête de mon épaule pour croiser mon regard. On a essayé de le leur dire. On leur a montré les cadavres de guerriers comme celui de Myntar, on leur a montré des images des combats, des patrouilleurs de la Ruche, de leurs Unités d'Intégration. Tout.

Je me raidis. La colère me submerge.

— Vous avez quoi ?

Ils ne m'ont pas parlé de ça. Des cadavres ? Des vidéos d'installations et de vaisseaux de la Ruche, de soldats ennemis au combat ?

— On leur a donné toutes les preuves qu'ils voulaient. Ils ne veulent rien entendre.

Bien que je refuse d'y croire, je sais que Rav dit la vérité. Inutile de porter le collier pour en être convaincue.

— S'ils en ont la preuve, pourquoi m'avoir envoyée ici ? Que veulent-ils ?

Rav m'embrasse tendrement sur la bouche, le regard dans le vague.

— Je ne sais pas, partenaire. À toi de me le dire.

Oh, mais je le sais, bien sûr. Les armes. Ils veulent les armes. La technologie. Tout ce qui pourra les aider à assurer la domination de notre petite planète bleue. Ma présence ici n'a rien à voir avec la Coalition, ou la venue d'extraterrestres. La

Terre et ses sempiternelles guéguerres, la lutte incessante pour le pouvoir.

Après ce que je viens de voir, leur lutte obsessionnelle pour avoir le dessus est risible. Il y a tant à faire ici, les humains ne peuvent pas comprendre, avec leurs guerres de rien du tout.

— Quand arrivent les premiers soldats en provenance de la Terre ?

— Bientôt. Demain.

Bon sang. J'ai pas beaucoup de temps.

— Je dois les rencontrer d'abord, leur parler. Et...

Je baisse la voix en pensant à comment convaincre les soldats venus de la Terre que la menace est bien réelle.

— Et ?

— Je veux qu'ils voient le corps de Myntar. Je veux qu'ils voient ce qui s'est passé. Tu as une vidéo ? Il y a des caméras au bloc ?

Rav pousse un grognement. Il désapprouve totalement l'idée.

— On enregistre tout ce qui se passe sur le vaisseau.

Tout ? Merde. On ne me l'avait pas dit. On verra ça plus tard.

— Laisse-moi la leur montrer, Rav. Je connais ces hommes, cette espèce. Ils respectent un vrai code de l'honneur. Ils sont intègres. Ils m'écouteront.

— Je l'espère. Sincèrement. S'ils lorgnent trop sur toi, si Grigg les considère comme une menace, il les tuera.

Je frissonne. Rav ne ment pas. La patience de Grigg a atteint ses limites à cause de mon attitude merdique de terrienne et les pertes qu'ils viennent de subir face à la Ruche.

— Ils ne feront rien de tel.

— Bien. Mon amour, tu dois être consciente que si la Terre essaie de s'attaquer aux flottes de la Coalition, elle perdra.

— La Coalition Interstellaire laisserait la Ruche nous capturer ? Détruire la Terre ?

L'idée est terrifiante, mais j'ignore ce que le Prime du peuple de Rav, ou les dirigeants des autres planètes, décideront si ceux de la Terre continuent de faire l'autruche. La planète bleue est si petite et tellement, tellement éloignée.

— Non. Nous les protégerons, même s'ils ne le méritent pas. On doit protéger les milliards d'innocents de ta planète.

— Et nos soldats ? Tu sais que les dirigeants de la Terre voudront faire main basse sur les armes. Un pilote humain pourrait facilement s'emparer d'un vaisseau. Pourquoi ne pas leur interdire carrément l'accès ? Je ne comprends pas.

Rav me donne une pichenette et s'explique :

— Tu dois comprendre, nous sommes très, très éloignés de chez toi. Si un pilote humain volait un vaisseau, il n'arriverait pas à sortir vivant du système. La lumière de ton étoile met des milliers d'années à nous parvenir. La coalition compte plus de deux cent soixante planètes membres, principalement situées dans différents systèmes solaires. La Flotte protège des milliards d'êtres, des centaines de mondes séparés par d'immenses espaces. Nous vivons, combattons et mourons sans sortir, pour la plupart, de cette zone de l'espace. Notre immense réseau couvre des distances inimaginables reliées entre elles grâce à notre technologie de transport.

— Mais alors, comment suis-je arrivée ici ?

— Notre système de transport utilise les puits gravitationnels autour des étoiles et des trous noirs pour accélérer les voyages et les communications. Ton trajet s'est effectué grâce à un faisceau d'énergie pure accélérée à une vitesse dont tu n'as pas idée. Nos postes de transport et de communication sont très fiables et gardés par des escadrons entiers de guerriers. Vos naïfs espions humains n'arriveraient pas à pénétrer dans notre système, même si on leur ouvrait la porte en grand et qu'on les enchaînait aux panneaux de contrôle. Les tapis de transport sont contrôlés par des bioscanners et des unités de neuro-stimulation directement implantées dans le cerveau de nos techniciens. Tes compatriotes ne peuvent absolument rien contre notre sécurité. Même la Ruche en est incapable, et leur espèce est pourtant bien plus avancée que la race humaine.

— Alors, la Terre ne peut rien faire, on ne peut rien envoyer sans permission, pas même un simple message ?

— Non. Impossible. Mais ta Terre n'est pas le seul peuple à douter du bien-fondé de nos intentions. Tes dirigeants finiront par changer d'avis. Comme tous les autres.

Rav m'embrasse à nouveau, et je fonds entre ses bras. Il m'enlace avec tendresse et affection, rien à voir avec le sexe pur et dur, même si Rav est plutôt doué pour ça aussi.

— Je t'aime, Amanda. Quoiqu'il arrive, sache-le.

Je ne sais pas quoi répondre, pas encore, mais je le garde longtemps contre moi, chacun perdu dans ses pensées. La connexion entre nous est fluide et emplie de tendresse, d'amour, et je m'autorise à croire qu'il m'appartient, je m'autorise à tomber désespérément amoureuse de lui, sans aucune retenue.

14

rigg

La salle à manger est bondée, et tous ces gens qui s'arrêtent pour féliciter Amanda commencent à me taper sur les nerfs. Dans moins d'une heure, les premiers soldats arriveront de la Terre, et ma belle petite partenaire au cœur tendre a presque réussi à me convaincre de ne pas les tuer.

— Dame Zakar, Commandant, Docteur.

Le capitaine Trist s'incline depuis l'autre bout de la table ronde. Il a terminé son repas.

— Je dois faire mon rapport au poste de commandement.

— Capitaine.

J'incline la tête, et il s'en va. Je prends souvent mes repas ici, mais avant l'arrivée d'Amanda, les gens se contentaient de me saluer silencieusement. Tous les regards sont sur moi à cause de cette femme.

Ils veulent tous rencontrer ma partenaire, la féliciter. Amanda acquiesce, assise entre moi à sa droite et Rav à sa gauche. Personne n'ose la toucher. Je suis encore trop à cran à cause de ce qui s'est passé hier pour la laisser sans surveillance, la mienne ou celle de Rav.

J'ai senti leur lien. Ils se consolaient, et un flot d'émotions apaisantes m'avait envahi alors que j'étais en salle des commandes, en train d'envoyer plus de cent pilotes au combat. On en a perdu une douzaine, mais on a repoussé l'invasion de la Ruche.

La guerre continue. Encore. Et encore, bon sang. Je combats depuis que je suis petit, mon père me traînait déjà en salle des commandes alors que je n'étais qu'un enfant, pour m'enseigner la stratégie. Il m'a appris à asséner un coup mortel, à tuer sans merci. Je combats depuis vingt ans, et chaque mort pèse sur ma conscience. Je suis à bout, épuisé.

Avant Amanda, je combattais par devoir, pour l'honneur. Et maintenant ? C'est pour elle que je me bats, je suis déterminé à repousser les forces de la Ruche pour la protéger elle et les siens, être fort, inébranlable et sans pitié. Pour elle, je me battrai éternellement.

Elle repousse la nourriture sur son plateau, une expression dégoûtée sur son beau visage, et je m'aperçois que je ne sais pas ce qu'aiment manger les Terriens.

— Je suis désolé, Amanda. J'aurais dû commander des plats provenant de la Terre aux programmeurs du S-Gen. Je vais y remédier immédiatement.

Elle pose la tête sur mon épaule. Elle me touche avec une facilité et une familiarité qui me donnent envie d'elle.

— Ça va aller, Grigg. Tu as bien plus important à faire que t'occuper de mes préférences culinaires.

— Non, mon amour. Non. Toi seule comptes à mes yeux.

Je suis sincère. Si je la perds, je n'aurais plus de raison de combattre. Je serais fini.

Elle écarquille les yeux alors que je n'arrive pas à maîtriser mon émotion, mais je ne peux cacher l'intensité de ma dévotion, de mon désir pour elle. Rav s'agite sur sa chaise, il a dû le sentir lui aussi, le lien créé par nos colliers est à la fois une bénédiction et une malédiction. Je lui lance un regard éloquent, le mettant au défi d'oser dire ne serait-ce qu'un seul mot.

Ce qu'il s'empresse de faire, évidemment :

— Je te l'avais dit, mon amour.

Le sourire d'Amanda se mue en un petit rire.

— Oui, c'est vrai.

Je prends son visage entre mes mains et l'embrasse. Une fois. Deux fois. Devant tout le monde, alors qu'une agitation inhabituelle règne dans la salle.

— Qu'est-ce qu'il t'a dit ? murmuré-je.

Le petit sourire d'Amanda est un mystère bien féminin, j'aimerais la baiser sur la table et lui soutirer la vérité.

Mon Dieu, je dois me contrôler, mais je ne peux pas lutter contre ma nature dominatrice. Pas tant qu'elle ne nous appartiendra pas à cent pour cent, que la cérémonie de l'accouplement ne sera pas terminée, pas avant que son collier devienne bleu nuit.

Rav arrive à ma rescousse pour que je ne me ridiculise pas en pleine salle à manger :

— Je lui ai dit que t'étais grave en manque.

Je fais comme si je n'avais pas entendu, mais le regard doux d'Amanda, l'acceptation totale que je vois en elle, m'arrête net. Elle sait. Elle connaît la vérité, putain.

— Oui.

Le reconnaître me fragilise. Mais il ne se passe rien de ce que mon père avait prédit. Au contraire, ça me rend plus fort parce que je sais qu'Amanda et Rav sont là pour moi, pour m'encourager. M'aimer, quoiqu'il arrive.

Cet aveu me vaut un autre sourire et un salut. J'ai l'impression d'avoir vaincu toute la Ruche. Je l'embrasse à nouveau, je l'attire contre moi dans un lieu public. Je la lâche, elle se tourne vers Rav, l'embrasse, pour qu'il sache qu'il compte aussi à ses yeux.

Rayonnante, elle se force à manger un autre morceau des cubes riches en protéines, et son regard scanne la foule qui est désormais passée à autre chose. Mais l'ambiance de la salle *semble* plus apaisée, plus calme, plus joyeuse.

Je me fais peut-être des idées.

Amanda a le souffle coupé et se lève d'un bond. Je me lève aussitôt, et Rav fait de même dans la foulée. Nous sommes tous deux déterminés à savoir ce qui a pu l'effrayer à ce point, mais ce n'est pas la panique qui circule dans mon collier, mais la peine.

Perplexe, je regarde ma partenaire me poser la main sur le bras, avant de se diriger vers un couple et un petit garçon qui viennent tout juste d'entrer dans la salle à manger.

Le silence se fait tandis que ma partenaire s'approche du Capitaine Myntar et de sa partenaire. Tout le monde observe et attend de voir ce que va faire Amanda.

Elle ne dit pas un mot, et pendant quelques secondes, son regard se plante dans celui de la femelle Prillon bien plus grande qu'elle. Mara se penche et fond en sanglots dans les bras d'Amanda.

Telle une digue qui se rompt, tout le monde se lève et entoure Myntar, sa partenaire et l'enfant, pour les consoler et partager leur douleur. Ma petite partenaire humaine est au centre de la petite foule, elle fédère mon peuple en une famille plus unie que jamais.

— Bon sang, elle va finir par m'achever, avec sa tendresse.

Rav se frotte la poitrine, il essaie de dissiper sa douleur. La souffrance d'Amanda est la nôtre, elle est vraiment bouleversée pour Mara, Myntar et le jeune Lan.

— Nous étions sans cœur avant de la connaître.

— D'accord avec toi.

Rav fait rouler sa tête sur ses épaules, il fait craquer ses vertèbres pour évacuer le stress.

— Je vais au bloc pour préparer le corps, ajoute-t-il avant de se tourner vers moi. Tu es sûr de toi ?

— Oui. Et elle aussi.

Rav hoche la tête, me tape sur l'épaule et s'en va.

— On se rejoint là-bas.

Domptée par Ses Partenaires

Je le suis et attends patiemment que la foule s'écarte afin d'atteindre la petite famille.

— Je suis désolé, mes amis.

Je tape sur l'épaule du capitaine et m'incline devant Dame Myntar. Rav est à mes côtés, la peine se lit clairement sur son visage. Il a parlé au couple hier soir, il leur a expliqué ce qui s'est réellement passé. Après ça, Rav est rentré à cran et s'est réfugié dans les bras d'Amanda.

Mara lâche ma partenaire et s'essuie les yeux pour nous regarder.

— Il n'y avait plus rien à faire, mais merci à vous tous.

Elle regarde les visages qui l'entourent, qui la consolent, leur nouvelle Dame en tête, le nouveau cœur du bataillon, et ajoute :

— Merci. Je suis fière d'être une épouse Prillon, dit-elle en posant les yeux sur Amanda. Et heureuse de vous compter au nombre de mes amis.

Amanda lui serre la main une dernière fois et nous suit, nous, ses partenaires. On prendra toujours soin d'elle, on la protégera, on l'aimera à jamais. Je la prends par la main et nous suivons Rav. Je remercie les dieux de l'avoir menée à moi, elle, ma partenaire parfaite.

Amanda

J'ATTENDS en silence devant la salle qui d'après Grigg, est utilisée habituellement lors des réunions concernant les missions de combat. Douze longues tables avec trois chaises chacune, alignées comme à l'école dans une pièce au mur recouvert d'un immense écran de télécommunication.

Une fois prête, je demande à joindre Robert et Allen sur Terre. Je n'ai pas la moindre idée de la manière dont ils acheminent leurs communications à une distance aussi immense, et je m'en fiche.

Tout ce que je sais, c'est que je peux leur parler en direct et essayer de leur faire entendre raison.

J'ai prévenu Grigg qu'ils ne voudraient rien entendre, que leur seule préoccupation c'était de se chamailler, et il m'a suggéré de contacter les équipes d'Induction de la Coalition Planétaire pour leur expliquer le subterfuge de la Terre. Ce matin, je m'étais assise auprès de lui pour ma première téléconférence version espace, pour expliquer les craintes et les doutes que je nourrissais envers les gens pour lesquels je travaillais à un Conseil composé d'êtres de races diverses et variées. Ils m'ont écoutée attentivement, à des milliers d'années-lumière de là, et ont ordonné aux représentants les plus diplomates de la Coalition d'arrêter de négocier - en vain - avec les dirigeants bornés de la Terre.

Je leur ai dit tout ce que je savais, et j'ai confiance en Grigg et en ces étrangers qui ont le sort du genre humain entre leurs mains. Si j'avais encore le moindre doute, je n'aurais qu'à me souvenir du corps boursouflé de Myntar, de ses hurlements de douleur alors que les implants que la Ruche lui avait installés le tuaient.

Quand je pense que ça peut arriver à d'innocents citoyens de la Terre, je me fige, et mes épaules se contractent. Je dois protéger mon peuple, même s'ils ne comprennent pas ma démarche.

La porte s'ouvre et Grigg entre, Rav sur les talons. Je suis immédiatement mes partenaires, reconnaissante d'être à leurs côtés. Je me sens en sécurité et aimée, je me sens plus forte quand je suis avec eux.

— Ils sont là ? demandé-je.

Grigg soupire.

— Oui. Ils passent des tests, là. Puis ils fileront à l'infirmerie, et ensuite, ils seront tout à toi.

— Dans combien de temps ?

— Environ vingt minutes. On ne leur fait pas passer l'examen complet, on s'assure juste qu'ils sont assez en bonne santé pour survivre au voyage retour.

Grigg s'est assuré que le transporteur soit prêt pour leur retour. Il veut que je rencontre les soldats de la Terre, mais refuse qu'ils restent. Ils apprendront la vérité, verront le cadavre de Myntar, les enregistrements de sa mort et rentreront faire leur rapport. Ils seraient plus utiles à la Coalition ainsi plutôt qu'en effectuant un service militaire de deux ans contre la Ruche.

Je hoche la tête et quitte leurs bras. J'essuie mes mains moites sur mon pantalon d'uniforme bleu foncé, fière d'arborer les couleurs de ma famille, et encore plus fière du nouvel insigne sur mon épaule gauche.

Grigg m'a officiellement nommée Dame Zakar et a mis à jour le système du vaisseau pour que je puisse accéder librement à tout, y compris l'armement, les renseignements et les données médicales. Tout ce dont j'aurais besoin si je voulais le trahir. Sa confiance en moi, en *nous*, est totale. Il m'a donné accès à tout, avant de m'embrasser comme un fou. Je peux désormais donner des ordres à tout le monde dans le bataillon, sauf à lui.

Ça me convient très bien. Ses manières autoritaires et dominatrices me font frissonner de désir, et dès qu'on aura terminé, dès que les Terriens sauront la vérité et repartiront, nous effectuerons la cérémonie d'accouplement. Je leur ai dit que j'étais prête, et lorsque nos colliers ressentiront notre amour, la cérémonie sera alors officielle. Je veux que mon collier soit de la même couleur que les leurs. Je veux leur appartenir pour toujours, tout comme ils m'appartiennent.

— Finissons-en, pour que je puisse te posséder, dit Grigg.

Je leur envoie à dessein ce que j'ai en tête grâce au collier, et leur réponse me revient grâce à un afflux de chaleur. Les deux hommes me regardent d'un air excité. Eux aussi me désirent.

— Commandant Zakar ?

La voix de l'officier de communication emplit la salle.

— Oui ?

— Le Général Zakar veut vous parler, Monsieur.

Grigg soupire, il se frotte la nuque et Rav plisse les yeux, agacé. Curieusement, je suis ravie que Grigg accepte d'être mis en relation avec son père via écran interposé.

— Commandant ?

— Oui, Général ?

Grigg avance au centre de la pièce afin que son père le voie bien. Je dévisage à mon tour le vieux guerrier Prillon. Il a les mêmes traits que Grigg, sa peau est plus foncée, presque cuivrée, et ses cheveux sont orange rouille. Je reconnais son uniforme, c'est l'armure d'un guerrier, non pas noire, mais du même bleu que ma tenue, le bleu Zakar.

— Tu as osé me cacher ta partenaire. Je l'ai appris de la bouche de l'équipe médicale.

Grigg serre les mâchoires, et je sens la tension et la colère monter en lui par vagues.

— Je ne te l'ai jamais cachée, Père. Je pensais que tu t'en fichais, c'est tout.

Le général se penche, louche presque pour essayer de me voir puisque je me tiens au fond de la salle. Je vois Rav hausser les épaules, il me parle à voix basse pour que les micros ne puissent pas nous entendre :

— Avance si tu veux, mais je te préviens, c'est un connard.

Le sort en est jeté. Je ne vais pas laisser mon Grigg tout seul. Plus jamais. J'avance la tête haute et glisse ma main dans celle bien plus grande de mon partenaire. Le général m'inspecte et je détourne le regard. Il n'est rien pour moi, mais s'il blesse son fils, il sera mon ennemi. C'est mon beau-père. Les bonnes manières exigent que je me montre courtoise.

— Général. C'est un plaisir de vous rencontrer.

Il prend tout son temps pour me regarder, comme s'il examinait une jument pour son fier étalon.

— Ça ira, même si j'aurais préféré que tu choisisses une partenaire Prillon.

— Elle m'a été attribuée grâce au Programme des Épouses. Je suppose que tu connais leur taux de réussite. Ça devrait te satisfaire. C'est ma partenaire légitime. La seule et l'unique.

Son père croise les bras d'un air renfrogné.

— Parfait, Commandant. Baise qui tu voudras. Tant qu'elle enfante, je m'en fiche. J'arrive immédiatement pour la cérémonie d'accouplement.

Rav rugit derrière moi.

Hum, ouais. Non. Il est hors de question que mon beau-père assiste à la cérémonie d'accouplement. Il est grossier et il me fiche la trouille.

Ma protestation n'est pas tombée dans l'oreille d'un sourd. Grigg bouillonne de colère. Doucement, trop doucement, même, il avance et me cache derrière lui, hors de la vue de son père.

— Non.

— Qu'est-ce que tu viens de dire, là ?

Grigg se contracte de colère, et je me place derrière lui, le front contre son dos, pour qu'il sache que je suis là, avec lui.

— J'ai dit non, Père. Pas question.

J'entends Rav approcher et se placer près de Grigg, qui ose défier son père.

— Qu'est-ce que tu racontes ? Comment ça, pas question ? À quel putain de jeu tu joues avec moi, mon gars ?

Je m'attendais à ce que Grigg explose de colère, mais à ma plus grande surprise, c'est l'exact opposé qui se produit. Toute sa rage s'est envolée, il est calme et apaisé.

— Amanda est ma partenaire et n'a pas à supporter ta présence. J'en ai marre de toi. Je suis de ton sang et je continuerai d'honorer notre famille. Mais je ne suis plus ton fils, et tu n'es pas le bienvenu sur mon vaisseau. Si tu souhaites entrer en contact avec moi, envoie un message à mon officier de communication. Je n'ai plus aucune envie de te parler.

Le général est furieux, mais Grigg avance et place sa main sur un petit boîtier de commande. La pièce redevient silencieuse.

Je viens enlacer Grigg par-derrière. La satisfaction de Rav se mêle au soulagement de Grigg.

— Il était temps.

— Oui, en effet.

Je serre les mains que Grigg pose sur les miennes par-dessus son ventre. J'ai pas tout compris, mais vu la réaction de mes partenaires, ils s'attendaient à cette confrontation depuis fort longtemps.

J'ai envie de leur poser des questions, mais j'entends des hommes parler, et en anglais en plus ! Je suis tout ouïe, je me dégage de l'étreinte de mes partenaires pour affronter mes vieux démons.

Comme prévu, je m'avance à l'avant de la salle, afin que tous les soldats des forces spéciales de la Terre puissent me voir. Ils entrent et s'asseyent autour des tables, le regard noir, l'air sinistre. Je m'y attendais. Ce sont des mecs des forces spéciales et des rangers, des mercenaires et des assassins. À voir leurs têtes, ils ne s'attendaient pas à voir le corps mutilé de Myntar en guise de baptême dans l'espace.

Bienvenue au front, les mecs.

Grigg et Rav avancent vers le mur, ils se tiennent de part et d'autre de l'écran géant et me soutiennent en silence. Ils me laissent faire, Dieu merci, car l'idée que Grigg se fait de la diplomatie est de torturer les hommes un par un pour leur soutirer des informations avant de les renvoyer sur Terre dans des sacs.

J'ai mis presque une demi-heure à l'en dissuader, mais il a raison sur un point : la Terre fait désormais partie de la Coalition Interstellaire, et elle doit s'engager à fond. Il n'y a pas à tergiverser, encore moins lorsque la Ruche menace de tous nous exterminer.

Une fois les nouveaux arrivants assis et la porte fermée, je me tourne vers eux. Ça me fait bizarre de voir tant de visages humains. On dirait… des aliens.

— Messieurs, je suppose que vous avez des questions ?

Je passe l'heure suivante à me présenter, à leur dire pour qui je travaille, quelle est ma mission et tout ce que j'ai appris. Ils regardent la vidéo de la mort de Myntar, ils voient son cadavre, plusieurs batailles au ralenti, des vidéos et des statistiques sur les actions de la Ruche, leurs effectifs, depuis combien de temps dure cette guerre… plus d'un millénaire.

Ceci étant fait, je regarde chaque homme dans les yeux et soutiens son regard.

— Je sais de source sûre que deux d'entre vous ont été envoyés ici pour les mêmes raisons que moi, sous les ordres directs du directeur, pour faire main basse sur l'intelligence, l'armement, la technologie de la Coalition et toute information susceptible d'intéresser l'agence.

Je tape du pied et me penche face à eux, les mains bien à plat sur la table, puis ajoute :

— Vous connaissez la vérité, comme moi. Vous avez vu la menace de vos propres yeux. Vous pouvez vous désigner ?

Comme je m'y attendais, le silence retombe dans la salle. Je fais signe à Grigg pour lui signifier que je suis prête. Il ordonne à la salle de communication d'établir le contact. L'écran derrière moi s'allume, laissant apparaître Robert et Allen assis autour d'une petite table, avec un homme que je reconnais comme le ministre à la Défense.

15

manda

JE ME TOURNE VERS EUX.

— Messieurs.

— Mademoiselle Bryant, que signifie tout ceci ? Ça fait une heure qu'on attend. Pourquoi nous avez-vous contactés ? Nous nous attendions à parler avec un officier du bataillon Zakar.

Je résiste à l'envie de lever les yeux au ciel. La pseudo inquiétude de Robert est inélégante au possible, il essaie de jouer l'officiel perplexe et stupéfait, et ça m'insupporte au plus haut point. Durant des années, j'ai bu ses paroles, mais là, je le vois tel qu'il est réellement. Un bureaucrate cupide qui ramène tout à lui.

— Je suis Dame Zakar, du bataillon Zakar, épouse d'un fier guerrier de Prillon Prime. Robert ? Je démissionne, dis-je en montrant les hommes assis derrière moi. Ces soldats connaissent la vérité, Messieurs, et ils rentreront par la prochaine navette. Ils ont vu les cadavres et ont été témoins de ce dont la Ruche est capable, tout comme moi.

Robert bafouille, mais le ministre de la Défense lui intime l'ordre de se taire et prend les choses en main avec un ton calme et professionnel :

— Quelle est la raison de cet appel ?

J'aimerais lui envoyer mon poing dans la gueule tant il est borné et stupide à en crever, mais je le comprends. Il essaie de faire son boulot, il défend son pays depuis des dizaines d'années, et cette manière de réfléchir est profondément ancrée en lui. Son truc à lui, c'est la Terre. Pas l'espace. Enfin, jusqu'à aujourd'hui.

— Monsieur le ministre, j'ai été envoyée ici en tant que première épouse pour m'assurer de la véracité de la prolifération de la menace de la Ruche envers la Terre et découvrir les forces et les intentions de la Flotte de la Coalition Interstellaire quant à la protection ou l'invasion de notre planète.

— Et qu'avez-vous découvert ?

— Que la menace de la Ruche est bien réelle, nous n'y survivrions pas. Sans la protection de la Coalition, la race humaine serait anéantie en quelques mois.

— Vous êtes sûre de vous ?

Je hoche la tête.

— Oui, Monsieur. Parfaitement.

Ma conviction le laisse sans voix. Je le vois réfléchir à toute allure derrière les verres réfléchissants de ses lunettes tandis qu'il pèse mes mots, et ce que ça implique. Mais je n'en ai pas encore fini avec lui.

— J'aimerais savoir, Monsieur, comment vous pouvez être assez borné pour m'envoyer en mission alors que vous devriez être en train de recruter et d'entraîner des soldats pour sauver notre planète.

— Nos militaires sont les plus forts au monde...

Je l'interromps avant qu'il ne débite sa propagande habituelle.

— Oui, du monde, sur Terre. Vous n'êtes plus dans le Kansas.

Je sais que la Coalition vous a montré des cadavres contaminés, des vidéos des combats, des informations sur les systèmes et les territoires de la Ruche. Étant donné que vous n'avez pas répondu avec honnêteté et coopération aux demandes de la Coalition, j'ai contacté l'équipe d'Induction Planétaire. Ils seront sur Terre dans trois jours pour tirer ça au clair.

Le ministre à la Défense rougit, et je m'aperçois qu'il ne sait pas de quoi je parle. Ses paroles confirment mes doutes.

— Quels cadavres ?

Je hausse un sourcil.

— Demandez à Allen.

Allen, une vraie fouine, tape du poing sur la table.

— Merde. À quoi vous jouez, à la fin ?

Je souris avec mépris face à son esprit étriqué.

— Je vous sauve de vous-mêmes. Votre escadrille de combat sera prête à être transportée dans trois heures. Et il vaudrait mieux que les soldats que vous enverrez soient de valeureux guerriers, pas des espions.

D'un geste de la main, j'indique à l'officier de communication la fin de la transmission.

L'écran devient noir, et je prends une profonde inspiration. Le stress cède la place au soulagement et à la satisfaction. De part et d'autre de l'écran, mes partenaires sont là, tels des anges gardiens ; ils me soutiennent, m'aiment, me font confiance. J'ai dit ce que j'avais à dire pour que les Terriens partent au combat au plus vite.

Mes partenaires. J'ai pris ma décision, j'ai choisi mes hommes, mon avenir est ici. Je suis une citoyenne de Prillon Prime, un membre du clan Zakar. Grigg et Rav ? Ils sont à moi. Je ne les laisserai pas tomber.

Je dévisage les soldats humains toujours assis dans la salle, et je lis sur leurs visages un mélange de colère, de résignation et de perplexité. Je sais exactement à quoi ils pensent. Ils sont en train de réaliser qu'on leur a menti, qu'on s'est servi d'eux. Tout comme moi, ils sont loyaux, ce sont des serviteurs de confiance qui ont foi en leurs actes. Ils vont mettre du temps à digérer ce que nous venons de leur révéler.

— Messieurs, quand vous verrez Allen, vous pourrez lui envoyer chacun votre poing dans la gueule de ma part ?

Ma demande fait sourire un grand bonhomme près de la porte.

— Comptez sur moi.

— Merci. Maintenant, sortez, tous. Rentrez, et dites-leur la vérité.

Cinq heures plus tard...

Conrav

Je bande depuis si longtemps que ça en devient douloureux. Grigg a reporté notre cérémonie d'accouplement, refusant que ce droit sacré se déroule en présence de traîtres et d'espions.

Je comprends l'émotion qui se cache derrière cette décision. Écouter ces Terriens se disputer avec notre Amanda m'a donné envie d'aller sur Terre pour forcer leurs petites têtes de piafs à avoir un minimum de respect pour ma partenaire. Mais Amanda s'en est bien sortie, et ma fierté rejaillit sur Grigg.

C'est notre Dame Zakar, maintenant, et sa compassion envers Mara et son attitude de défi envers les dirigeants humains parle d'elle-même. Ceux qui ne l'ont pas encore rencontrée prétextent devoir se rendre dans le vaisseau, dans l'espoir de la voir ou de lui parler. L'augmentation des demandes de transport amuse Grigg, mais comme d'habitude, il a réponse à tout.

« Des fêtes de bienvenue officielles auront lieu à bord de chaque vaisseau. Si vous souhaitez rencontrer ma partenaire, nous devrons la mener jusqu'à vous. Mon vaisseau ne peut accueillir à son bord cinq mille mâles curieux. »

Pire encore, le nombre de mâles souhaitant assister à notre union a triplé en une demi-heure. Leur nombre est un gage de respect pour notre accouplement, pour notre union légitime, et je peux bien partager Amanda pour une journée. J'ai envie de la voir nue et qu'elle me désire. Je veux la voir chavirer pendant que Grigg la caresse avec sa grosse main.

Grigg et moi l'escortons au centre de la pièce ronde. Nous sommes tous les trois nus et prêts. Grigg est placé à sa droite, et je la tiens doucement par le bras. Lorsqu'elle a appris que toutes les cérémonies d'accouplement ont lieu en présence de témoins, elle est restée bouche bée, mais elle a accepté le bandeau et ce que lui a promis Grigg :

— *Fais-moi confiance, mon amour, tu ne t'apercevras de rien, sauf de nos queues qui te pénétreront.*

Quand nous arrivons au centre de la pièce, Grigg la lâche et hoche la tête. Le chant rituel peut commencer. Les paroles proviennent d'une langue morte de notre monde, le rythme est étrange.

— Bénédiction et protection.

— Tu acceptes que je m'accouple à toi, partenaire ? Tu te donnes à moi et à mon second librement, ou souhaites-tu choisir un autre mâle ?

Grigg tourne autour de nous comme un lion en cage. Le dos d'Amanda est plaqué contre ma poitrine, et mon érection repose entre ses fesses.

Grigg a du mal à retenir l'envie de débauche qui emplit nos colliers, et exacerbe ma propre envie de la pénétrer jusqu'aux bourses. Je rugis alors que l'odeur musquée de l'excitation d'Amanda s'élève, c'est le plus doux des parfums.

— Je vous accepte, je n'en veux pas d'autres.

Elle a le souffle court, et sa poitrine se soulève alors qu'elle parle.

— Grâce à ce rituel d'accouplement, nous te faisons nôtre et tuerons tout guerrier qui osera te toucher.

Grigg et moi prononçons nos vœux, nous nous penchons et murmurons ces paroles dans le cou d'Amanda.

— Je tuerai pour te défendre et je mourrai pour te protéger, partenaire. Tu es désormais à moi, pour toujours.

Le chant s'arrête temporairement tandis que les voix des mâles s'élèvent à l'unisson :

— Que les dieux en soient témoins et vous protègent.

Amanda frémit, mais se tient courageusement devant nous. Elle attend qu'on la possède pour toujours, et à la vue de son corps magnifique, mon désir pour elle court dans mes veines.

Je souris à Grigg. J'ai envie qu'on en finisse. J'attends qu'il fasse le premier pas. Son côté dominateur le fait bander. Plus il la dominera, plus elle jouira. Grigg a toujours été généreux : on ne va plus savoir où donner de la tête.

— À genoux, Amanda. À genoux, bien écartés.

Grigg

MA PARTENAIRE s'agenouille devant moi sans poser de question et sans hésiter, et je sens son plaisir monter tandis que je m'installe. Elle est si sensible, si attentionnée, que j'ai imaginé des douzaines de scénarios différents. De positions. Pour la faire jouir.

La voir agenouillée devant moi, nue, les yeux bandés, me vouant une confiance aveugle, décuple mon désir.

— Ouvre la bouche. Je vais poser ma queue sur tes lèvres, et tu vas lécher ma semence. Tu vas sentir sa chaleur sur ta langue, ça va aiguiser ton appétit pour nos bites. Tu comprends ?

— Oui.

À ces mots, mon sexe s'agite. Je le saisis à la base, et je me mets en position. Rav attend derrière elle. Je n'aurais pu la partager avec personne d'autre, avec aucun autre guerrier dominant comme moi. Rav m'appartient, l'animal primitif que je suis s'apaise lorsqu'il la touche.

— Rav, allonge-toi sur le dos et caresse-la avec ta langue.

Mon second est sous elle en quelques secondes, sa tête glisse facilement entre ses cuisses écartées. Je vois avec satisfaction les hanches de notre partenaire onduler au premier mouvement de langue de Rav, tandis qu'elle prend place sur lui. Elle halète, et je sais, grâce à la connexion de nos colliers, que Rav a enfoncé sa langue profondément en elle, il la pénètre comme je le lui ai ordonné, et elle mouille, prête à accueillir ma verge.

Elle gémit. Rav a du mal à la tenir, alors je place mon gland dégoulinant devant ses lèvres gonflées.

— Suce-moi, Amanda. Taille-moi une pipe.

J'aurais dû m'y attendre, mais la bouche chaude d'Amanda m'avale d'un coup d'un seul et sa langue me besogne à une allure telle que je vais bientôt éjaculer. C'est trop rapide, putain. Mes bourses se contractent et le désir monte en moi.

Je ne vais pas tenir longtemps comme ça. Et dire que je ne l'ai même pas encore pénétrée.

Je l'attrape par les cheveux et je tire doucement sa tête en arrière jusqu'à ce que ma queue sorte de sa bouche. Je ne peux plus attendre. J'aurais voulu que ça dure encore, que ça continue toujours, mais je n'ai qu'une envie : la posséder.

Maintenant. Là, tout de suite. Je veux que son collier devienne bleu, que mon sperme soit dans son vagin, que le sperme de mon second se répande dans son cul vierge, que l'on soit liés pour toujours.

— Arrête, Rav.

Amanda gémit en signe de protestation. Je la soulève, la plaque contre ma poitrine et place sa chatte humide sur mon sexe. Elle s'empale sur mon membre sensible et resserre ses jambes autour de ma taille. L'intensité de sa réaction, la sensation de mon sexe qui la remplit, qui l'écartèle d'un coup. Tout ça, je le sens dans nos colliers, et ma verge se gonfle en réponse. Je suis sur le fil du rasoir.

Le fauteuil d'accouplement n'est qu'à trois pas de là, et je me dépêche d'aller le chercher. Je m'installe dans ce fauteuil bizarrement conçu. Ce siège a été créé pour baiser, pour que ma partenaire et moi soyons allongés dans la bonne position, afin de permettre à Rav de la sodomiser.

Je m'installe en vitesse, j'empoigne les cuisses d'Amanda et l'attire sur mon membre tendu.

Amanda gémit, telle une douce musique à mes oreilles, tandis qu'elle s'agite dans mon étreinte, qu'elle essaie de frotter son insatiable petit clitoris contre moi pour se soulager. Mais ce n'était pas possible maintenant, pas encore. Pas tant que ses deux partenaires ne l'auront pas pénétrée.

— Baise-la, Rav. Maintenant.

Amanda

Je suis affalée sur le torse de Grigg, sur une drôle de chaise inclinée. Sa queue est si grosse et si profondément enfoncée en moi que j'ai l'impression que je vais mourir si je ne bouge pas. Grigg s'empare de mes fesses qu'il écarte à pleines mains.

— Baise-la, Rav. Maintenant.

— Oui ! Mon Dieu, oui ! Dépêche-toi, bon sang. Vite. Vite, dis-je.

Je m'agite et ondule des hanches, en faisant en sorte de frotter mon clitoris sur le bas-ventre musclé de Grigg, mais il m'en empêche, il me tient fermement, impossible de bouger, je ne peux que le sentir.

Et patienter.

Bon Dieu, cette attente va me tuer.

— Ne bouge pas, Amanda.

La voix rauque de Grigg m'excite encore plus, je n'en peux plus. Je serre les cuisses, me retire et m'empale de nouveau avec un rugissement de satisfaction. Je désobéis aux ordres de mon partenaire.

— Rav !

Grigg me lâche les fesses. J'ai gagné, je me lève et le baise, mais sa main s'abat avec force sur mes fesses. *Vlan !*

— Qu'est-ce que j'ai dit, Amanda ?

Qu'est-ce qu'il m'a dit, déjà ? Seule sa bite m'intéresse.

— Je ne sais pas.

— Ton plaisir m'appartient. Ta chatte m'appartient. Ne bouge pas, partenaire. Je t'ai dit de ne pas bouger.

— Non. Non. Non.

Je ne veux pas. La main de Grigg s'abat douloureusement sur mon autre fesse.

La chaleur m'envahit. Je me fige, non pas pour éviter une autre fessée, mais parce que Rav me touche.

Il lubrifie mon anus et y enfonce profondément un doigt. Je me tortille et je gémis, j'ai envie qu'il continue, qu'il me pénètre, qu'il me baise. Leurs doigts et les plugs m'ont dilatée, et je suis prête à accueillir la verge de Rav.

Patiemment, il introduit deux doigts, puis trois, en moi. La sensation est légèrement douloureuse, la brûlure familière s'ajoute à ce tsunami de sensations qui m'assaillent, à cause des colliers, du sexe de Grigg et des battements de cœur de Rav. Je ressens tout. J'en ai besoin.

— Je t'en supplie.

Je sanglote presque de soulagement en sentant le gland de Rav se presser contre moi. Grigg m'écarte de nouveau les fesses afin de faciliter le passage à Rav. Savoir que mes partenaires vont me baiser, me posséder, m'excite encore plus. Je mouille, je vais jouir.

Mon Dieu, aurais-je donc basculé dans la luxure ?

Cette pensée m'assaille tandis que Rav s'enfonce en moi. Il franchit la petite résistance de mon sphincter et se fraye un passage pour me pénétrer entièrement.

Je suis remplie, pénétrée par deux verges, et j'ai le cul en feu à cause des fessées de Grigg. J'ai l'esprit vide, j'attends. J'appartiens à ces hommes, mes partenaires, et je leur donnerai tout ce qu'ils veulent.

Ils m'appartiennent.

La connexion, le lien entre les colliers est intense, et notre excitation et notre plaisir nous unissent.

— Baise-la, Rav, doucement, grogne Grigg.

Rav se retire à moitié d'entre mes fesses, et s'enfonce à nouveau. Je m'agite, je halète, je vais jouir. Sentir leurs deux sexes chauds et épais me posséder est plus que je ne peux supporter.

— Je ne vais pas tenir longtemps.

L'aveu de Rav m'excite, et ma chatte se contracte sur la queue de Grigg. Il gémit.

— Amanda. Par les dieux, je t'aime.

Une certaine témérité monte en moi en l'entendant, un sentiment profond, viscéral et totalement intrépide. Je me glisse contre le torse de Grigg et je me contorsionne pour attraper les cheveux de Rav. Je l'attire de ma main droite, son corps massif m'enveloppe, je l'embrasse à pleine bouche, j'ai tellement envie de lui que je pourrais le dévorer.

De ma main gauche, je touche la gorge de Grigg, je la pince gentiment pour qu'il ait envie de moi.

Rav grogne, ses hanches font des mouvements de va-et-vient plus rapides et plus vigoureux, il me pousse contre Grigg, je perds la raison.

Je repousse Rav et me tourne vers Grigg pour l'embrasser fiévreusement. Il enfonce sa main dans mes cheveux, ses hanches montent et descendent tel un piston, me prenant par devant tandis que Rav me sodomise.

Je les chevauche telle une femme rebelle, et un sentiment se distingue parmi tous les autres :

— À moi.

Ça devient une litanie, un chant, alors qu'ils me possèdent. Je nous ai connectés, nous formons un tout. *À moi*. Je ne sais pas à qui appartient cette pensée, à moi, à Grigg ou à Rav. Cela n'a pas d'importance alors que leurs cris rauques de jouissance résonnent dans la pièce, que leur sperme m'emplit, que leur semence brûlante m'envahit. Je hurle de plaisir, et l'essence qui nous lit a raison de mon clitoris, de mes fesses, de mon sexe. Je frémis, inspire, m'abandonne inlassablement, et chaque mouvement de hanches me fait chavirer.

Nous nous effondrons les uns sur les autres, nous reprenons notre souffle, et mes hommes me serrent contre eux. Ils sont encore en moi, en érection. Ils bandent à nouveau, leurs verges grossissent, ils m'écartèlent à un point tel que ça en devient impossible, et ils me pénètrent à nouveau, doucement cette fois-ci. Leur sperme facilite le passage, leurs mains et leur bouche sont partout, ils me chuchotent des mots d'amour et d'adoration, et je m'abandonne totalement. Mon orgasme est lent, une explosion tourbillonnante qui me laisse la tête vide, les membres tremblants.

Le collier me brûle alors que suis allongée sur le torse de Grigg, Rav sur mon dos, tous trois ivres de plaisir et engourdis.

Grigg me pose la main sous le menton et me soulève la tête pour voir mon collier. Rav se penche pour regarder.

— Alors ? demandé-je, la voix rendue rauque par mes cris de plaisir.

— Tu nous appartiens, désormais, répond Rav. Pour toujours.

— Ton collier est bleu, ajoute Grigg, pour que je comprenne.

J'ai les larmes aux yeux tandis que les émotions que j'ai refoulées font surface. Le soulagement. La fierté. Le bonheur. L'appartenance. La famille. Et l'amour. La dernière émotion déferle en moi. Je n'en avais pas conscience auparavant, j'allais au gré du courant. Je suis libre désormais, libre de me donner à eux, de les aimer pour toujours.

Je ressens leur amour grâce au collier, ils sont comblés. Tout circule ouvertement et librement entre nous.

— Je vous aime tous les deux.

Je sanglote, et ils me consolent, je me blottis contre eux, et ils me protègent du stress et du bouleversement des jours derniers. Je me sens en sécurité dans leurs bras, je m'abandonne.

Je m'autorise à les aimer et à accepter qu'ils m'aiment en retour.

— À moi. Vous êtes tous les deux à moi.

Je bafouille, mais mes partenaires m'entendent et resserrent leur étreinte. Nous ne faisons plus qu'un, pour l'éternité.

Lisez Son Partenaire Particulier ensuite!

Lorsqu'une menace potentielle contraint Eva Daily à se réfugier dans un autre monde, une seule alternative s'offre à elle : participer au Programme des Épouses Interstellaires. Après un test d'aptitudes sensuelles et sexuelles, Eva se verra attribué un partenaire et rejoindra son monde afin de l'épouser.

À son arrivée sur la planète déserte Trion, Eva va vite se rendre compte que les choses diffèrent par rapport à la Terre. Un examen poussé de la part de son nouveau partenaire laisse notre Eva rougissante ; à sa grande surprise, le côté dominateur de Tark l'excite au plus haut point. La voici nue, entravée, incapable de résister tandis que son amant expérimenté la pousse au paroxysme, orgasme après orgasme.

Eva s'aperçoit vite que Tark est bien plus qu'une brute dominatrice qui n'hésite pas à punir sa femme rebelle en lui donnant la fessée. Au moment où sa passion se mue en amour, des évènements sur Terre menacent de l'enlever à lui pour toujours. Eva trouvera-t-elle le moyen de rester auprès de Tark et dans son lit, ou ne gardera-t-elle de lui que le souvenir d'un homme qui a marqué son corps et son cœur ?

Lisez Son Partenaire Particulier ensuite!

OUVRAGES DE GRACE GOODWIN

Programme des Épouses Interstellaires

Domptée par Ses Partenaires

Son Partenaire Particulier

Possédée par ses partenaires

Accouplée aux guerriers

Prise par ses partenaires

Accouplée à la bête

Accouplée aux Vikens

Apprivoisée par la Bête

L'Enfant Secret de son Partenaire

La Fièvre d'Accouplement

Ses partenaires Viken

Combattre pour leur partenaire

Ses Partenaires de Rogue

Programme des Épouses Interstellaires:
La Colonie

Soumise aux Cyborgs

Accouplée aux Cyborgs

Séduction Cyborg

Sa Bête Cyborg

Fièvre Cyborg

Cyborg Rebelle

ALSO BY GRACE GOODWIN

Interstellar Brides® Program

Assigned a Mate

Mated to the Warriors

Claimed by Her Mates

Taken by Her Mates

Mated to the Beast

Mastered by Her Mates

Tamed by the Beast

Mated to the Vikens

Her Mate's Secret Baby

Mating Fever

Her Viken Mates

Fighting For Their Mate

Her Rogue Mates

Claimed By The Vikens

The Commanders' Mate

Matched and Mated

Hunted

Viken Command

The Rebel and the Rogue

Interstellar Brides® Program: The Colony

Surrender to the Cyborgs

Mated to the Cyborgs

Cyborg Seduction

Her Cyborg Beast

Cyborg Fever

Rogue Cyborg

Cyborg's Secret Baby

Her Cyborg Warriors

Interstellar Brides® Program: The Virgins

The Alien's Mate

His Virgin Mate

Claiming His Virgin

His Virgin Bride

His Virgin Princess

Interstellar Brides® Program: Ascension Saga

Ascension Saga, book 1

Ascension Saga, book 2

Ascension Saga, book 3

Trinity: Ascension Saga - Volume 1

Ascension Saga, book 4

Ascension Saga, book 5

Ascension Saga, book 6

Faith: Ascension Saga - Volume 2

Ascension Saga, book 7

Ascension Saga, book 8

Ascension Saga, book 9

Destiny: Ascension Saga - Volume 3

Other Books

Their Conquered Bride

Wild Wolf Claiming: A Howl's Romance

CONTACTER GRACE GOODWIN

Vous pouvez contacter Grace Goodwin via son site internet, sa page Facebook, son compte Twitter, et son profil Goodreads via les liens suivants :

Abonnez-vous à ma liste de lecteurs VIP français ici :
bit.ly/GraceGoodwinFrance

Web :
https://gracegoodwin.com

Facebook :
https://www.visagebook.com/profile.php?id=100011365683986

Twitter :
https://twitter.com/luvgracegoodwin

Goodreads :
https://www.goodreads.com/author/show/15037285.Grace_Goodwin

Vous souhaitez rejoindre mon Équipe de Science-Fiction pas si secrète que ça ? Des extraits, des premières de couverture et un aperçu du contenu en avant-première. Rejoignez le groupe Facebook et partagez des photos et des infos sympas (en anglais).
INSCRIVEZ-VOUS ici :
http://bit.ly/SciFiSquad

À PROPOS DE GRACE

Grace Goodwin est journaliste à USA Today, mais c'est aussi une auteure de science-fiction et de romance paranormale reconnue mondialement, avec plus d'un MILLION de livres vendus. Les livres de Grace sont disponibles dans le monde entier dans de nombreuses langues en ebook, en livre relié ou encore sur les applications de lecture. Ce sont deux meilleures amies, l'une qui utilise la partie gauche de son cerveau et l'autre qui utilise la partie droite, qui constituent le duo d'écriture récompensé qu'est Grace Goodwin. Toutes les deux mamans, elles adorent faire des escape games, lire énormément, et défendre vaillamment leurs boissons chaudes préférées. (Apparemment, elles se disputent tous les jours pour savoir ce qui est le meilleur : le thé ou le café?) Grace adore recevoir des commentaires de ses lecteurs.

www.ingramcontent.com/pod-product-compliance
Lightning Source LLC
LaVergne TN
LVHW011822060526
838200LV00053B/3875